民国世界文学经典译著·文献版（第四辑：法国小说）

◆长篇小说◆

九十三年

quatre-vingt-treize

[法] 雨果（Victor-Marie Hugo）著
东亚病夫（曾朴）译

上海三联书店

图书在版编目(CIP)数据

九十三年 / [法] 雨果著；东亚病夫译．
—上海：上海三联书店，2018.4
ISBN 978-7-5426-5981-1

Ⅰ．①九… Ⅱ．①雨… ②东… Ⅲ．①长篇小说—法国—近代
Ⅳ．① I565.44

中国版本图书馆 CIP 数据核字（2017）第 174561 号

九十三年

著　　者 / [法] 雨果（Victor-Marie Hugo）
译　　者 / 东亚病夫

责任编辑 / 陈启甸
封面设计 / 清　风
责任校对 / 江　岩
策　　划 / 嘎　拉
执　　行 / 取映文化
监　　制 / 姚　军

出版发行 / 上海三联书店
（201199）中国上海市闵行区都市路 4855 号 2 座 10 楼
电　　话 / 021-22895557
印　　刷 / 常熟市人民印刷有限公司

版　　次 / 2018 年 4 月第 1 版
印　　次 / 2018 年 4 月第 1 次印刷
开　　本 / 650 × 900　1/16
字　　数 / 360 千字
印　　张 / 23.5
书　　号 / ISBN 978-7-5426-5981-1 / I・1263
定　　价 / 116.00 元

民国世界文学经典译著 · 文献版

出版人的话

中国现代书面语言的表述方法和体裁样式的形成，是与20世纪上半叶兴起的大量翻译外国作品的影响分不开的。那个时期对于外国作品的翻译，逐渐朝着更为白话的方面发展，使语言的通俗性、叙述的完整性、描写的生动性、刻画的可感性以及句子的逻辑性……都逐渐摆脱了文言文不可避免的局限，影响着文学或其他著述朝着翻译的语言样式发展。这种日趋成熟的翻译语言，推动了白话文运动的兴起，同时也助推了中国现代文学创作的生成。

中国几千年来的文学一直是以文言文为主体的。传统的文言文用词简练、韵律有致,清末民初还盛行桐城派的义法,讲究“神、理、气、味、格、律、声、色”。但这也在一定程度上限制了情感、叙事和论述的表达,特别是面对西式的多有铺陈性的语境。在西方著作大量涌入的民国初期，文言文开始显得力不从心。取而代之的是在新文化运动中兴起的用白话文的句式、文法、词汇等构建的翻译作品。这样的翻译推动了“白话文革命”。白话文的语句应用，正是通过直接借用西方的语言表述方式的翻译和著述，逐渐演进为现代汉语的语法和形式逻辑。

著译不分家，著译合一。这是当时的独特现象。这套丛书所选的译著，其译者大多是翻译与创作合一的文章大家，是中国现代书面语言表述和中国现代文学创作的实践者。如林纾、耿济之、伍光建、戴望舒、曾朴、芳信、李劼人、李葆贞、郑振铎、洪灵菲、洪深、李兰、钟宪民、鲁迅、刘半农、朱生豪、王维克、傅雷等。还有一些重要的翻译与创作合一的大家，因丛书选入的译著不涉及未提。

梳理并出版这样一套丛书，是在还原中国现代文学史上的重要文献。迄今为止，国人对于世界文学经典的认同，大体没有超出那时的翻译范围。

当今的翻译可以更加成熟地运用现代汉语的句式、语法及逻辑接轨于外文，有能力超越那时的水准。但也有不及那时译者对中国传统语言精当运用的情形，使译述的语句相对冗长。当今的翻译大多是在著译明确分工的情形下进行，译者就更需要从著译合一的大家那里汲取借鉴。遗憾的是当初的译本已难寻觅，后来重编的版本也难免在经历社会变迁中或多或少失去原本意蕴。特别是那些把原译作为参照力求摆脱原译文字的重译，难免会用同义或相近词句改变当初更恰当的语义。当然，先入为主的翻译可能会让后译者不易企及。原始地再现初时的翻译本貌，也是为当今的翻译提供值得借鉴的蓝本。

搜寻查找并编辑出版这样一套丛书并非易事。

首先确定这些译本在中国是否首译。

其次是这些首译曾经的影响。丛书拾回了许多因种种原因被后来丢弃的不曾重版的当时译著，今天的许多读者不知道有所发生，但在当时确是产生过一定的影响。

再次是翻译的文学体裁尽可能齐全，包括小说、戏剧、传记、诗歌等，展现那时面对世界文学的海纳百川。特别是当时出现了对外国戏剧的大量翻译，这是与在新文化运动影响下兴起的模仿西方戏剧样式的新剧热潮分不开的。

困难的是，大多原译著，因当时的战乱或条件所限，完好保存下来极难，多有缺页残页或字迹模糊难辨的情况，能以现在这样的面貌呈现，在技术上、编辑校勘上作了十足的努力，达到了完整并清楚阅读的效果，很不容易。

“民国世界文学经典译著·文献版”首编为九辑：一至六辑为长篇小说，61种73卷本；七辑为中短篇小说，11种（集）；八、九辑为戏剧，27种32卷本。总计99种116卷本。其中有些译著当时出版为多卷本，根据容量合订为一卷本。

总之，编辑出版这样一套规模不小的丛书，把世界文学经典译著发生的初始版本再为呈现，对于研究界、翻译界以及感兴趣的读者无疑是件好事，对于文化的积累更是具有延续传承的重要意义。

2018年3月1日

[法]雨果（Victor-Marie Hugo）著　東亞病夫（曾樸）譯

九十三年

中華民國二十六年六月初版

曾樸所敘全目

第一時期（一八八八——一九〇〇）

詩之部一

未理集庚寅以前
羌無集辛卯壬辰
呴沫集癸巳至丙申
眈䋄集丁酉至庚子

右爲三十歲以前之古今體詩集。

文之部二

推十合一室文存二卷

右爲青年壯年時代之駢散文合集。

札記之部三

執丹璅語二卷

右爲讀書札記。

攷證之部四

補後漢書藝文志一卷攷證十卷

右爲補充後漢書藝文志所遺佚之文獻，復加以考證之鉅製。

歷代別傳四卷

右爲搜集歷代之遺聞佚事而加以整理之作品。

戲劇之部五

雪曇夢院本四卷

右爲悲劇性之曲本。

第二時期（一九〇一——一九二六）

詩之部一

龍灰集

右爲三十歲以後之詩集。

文之部二

吹萬廎文錄二卷

右爲論法䜟西詩法，詩史，及詩之派別源流之鉅製。

札記之部三

蟹沫掌錄二卷

右爲研究法國文學之讀書札記。

小說之部四

孽海花三十卷

囂俄著九十三年二卷

右爲囂俄描寫法國革命事之鉅著。

傅蘭儀著影之花四卷

右爲描寫英國某王之秘密戀史，曾引起英法兩國間最大之交涉。

戲劇之部五

囂俄著呂克蘭斯鮑夏

囂俄著項日樂

囂俄著呂伯蘭

囂俄著鐘樓怪人歌劇

右爲囂俄戲劇全集中之四部。

第三時期（一九二七——現時）

詩之部一

續末理集

右爲最近轉變後之新詩集。

小說之部二

脊男子：

（一）戀

（二）婚

（三）樂

（四）議

（五）宦

（六）戰（於眞美善季刊一卷一號起，開始登載。）

佐拉著南丹與奈儂夫人

囂俄著笑的人（於眞美善季刊一卷一號起，開始登載。）
短篇小說集

戲劇之部三

莫利愛著夫人學堂
囂俄著歐那尼
囂俄著克林威爾
囂俄著瑪莉韻妲洛姆
囂俄著嬉王
囂俄著馬麗玉陶
囂俄著鶉格拉佛
囂俄著自由戲劇
囂俄著孿生子

右爲譯成戲劇全集。

攷證之部四

中國神代史四卷

新韻譜

筆記之部五

象記二卷

右爲隨筆式之自傳，並列入各時期生活之圖象。

回憶錄一卷

右爲生活之回憶。

病的心聲一卷

右爲隨感錄。

九十三年

嚣俄原著

九十三年評語

囂俄著書，從不苟作，一部書有一部書之大主意，主意都爲著世界。如鐘樓守爲宗教，噫無情爲法律，海國勞人記（即小說時報所載噫有情）爲生活，笑的人爲階級。然則九十三年何爲？曰爲人道。九十三年千言萬語，其實只寫得一句話曰：「不失其赤子之心。」

人說九十三年是紀事文，我說九十三年是無韻詩。何以故？以處處都用比興故。只看卷一第五六章敘礮禍，卷四第一二章，述三童戲嬉，意何所指，不要被作者瞞過。百科全書評九十三年，謂爲詩體之散文，是搔著癢處語。

無宗教思想者，不能讀我九十三年，無政治智識者，不欲讀我九十三年，無文學觀念者，直不敢讀我九十三年。蓋作者固大文學家而實亦宗教家政治家也。

九十三年，當頭棒也；當代偉人不可不讀。九十三年，亦導火綫也，未來英雄，尤不可不讀。

譯者識

卷一

卷一

第一章

當一千七百九十三年，五月杪，有巴黎民軍一隊，桑坦爾（巴黎麥酒商，攻文臺時之師團長。）率之，往攻勃爾峒者，道經沙逵爾森林。其時部下健兒，爲數不及三百，蓋適經蘭哥瑞麥焚密三度劇戰之後，僅留此刦餘之殘隊鼓勇而進。

先是，巴黎遣征文臺之軍，（文臺爲王黨起事地。）僅九百十二人，及四月二十五日，高咸爲司法大臣，蒲處達爲陸軍大臣，提議發遣志願兵，助攻文臺，巴黎廳府，特遣桑坦爾招集一萬二千人，野戰砲三十，砲兵一隊，應召往。二十八日，在廳府授桑坦爾以口令曰：「勿市恩，勿縱敵」；五月朔日遂由巴黎出發，不料轉戰至五月杪，歷時不及一月，此萬二千之志願兵，爲國死者乃逾萬人！

今茲三百健兒，卽萬二千人中殘餘之部曲也。經巨劫之後，猶賈其餘勇，徐徐整隊，向沙達蘭林進發。是林素以險惡稱；入林後，昏黑不復見天日，亦不復知有陰晴旦暮。軍隊經此，且行且作警備，前後左右，巡視無敢或怠。名將荷蘭培曰：「軍人之背，宜置一目。」度此時兵士意中，卽人增十目，猶恨不能悉窺林中之秘也；況沙達蘭林，爲跛者麻士基登出產之地，於九十二年十一月，內亂初起之時，麻士基登，曾於是間磨其脫鞘之刃，血人無算，至今草木猶有餘腥，以受創之軍隊，經此恫魄栗魂之地，其戒嚴也固宜。

林中固幽暗特甚，然景色殊佳：綠蔭匼匝，新翠撲人，有時微風吹拂，大類波動之軟垣；日光滲漏，亦幽幽作沉碧色；地上則野花亂開，鳶尾石蒜之屬，無不舒紅吐紫，抑若於密箐中，宣告韶麗之天氣者；細草茸茸，乃爲天然之氍毹。諸兵士分花拂葉而來，觀其神色之間，乃殊未於此間得少佳趣，但覺棲鳥飛蟲咸足生其疑影耳。

維時兵士愈行愈深，其恐怖心與里程同其增進；且時時於路旁發見殘壘焚屋，刑人之鐵架，染血之樹枝。何處曾造飯，何處作彌撒，何處曾治傷人，一一可目驗而意想。以現象卜之，必有軍隊過此，爲期尚不甚遠。今何往乎？遠耶近耶，抑伏而狙擊我耶？均不可知。惟見荒荊叢灌蔽途塞徑，脫令設伏，十步之內，決無所睹，其危疑爲何如耶？

於是大隊暫不進，遣候兵三十人，一軍曹率之爲前驅，一從軍女商人隨之。

行未百武，前驅之兵忽狠顧不前，蓋此時彼等耳鼓中似觸有人類呼吸之聲，出於叢莽間，又見樹葉動搖不止，知有異，急發警號戒備。不一秒鐘，三十候兵，已列隊作環形，咸舉鎗向樹葉動搖處，手按槍機，目注暗陬，祇待軍曹口號一宣，鎗將立發。當此間不容髮間，女商人適立隊側，翹首若有所睹；忽聞軍曹呼曰擊！女商人亦疾呼曰止！呼既，即跳身入深林中，衆兵士隨之。

蓋深林中，有一圓形隙地，一巨大之半枯樹偃蹇其上。根株中空，枝葉上覆，苔蘚下敷，儼然成穴室狀。穴門半啓，中有一婦人，席草而坐，懷中抱一兒，方哺乳。兩小兒據母膝熟睡，吁吁作鼾聲。

女商人趨穴畔呼曰：「爾曹留此何作，殆顛耶？微我，爾曹殆彈下矣！」婦人聞呼，略一舉首。其時兵士亦繼至，女商人顧曰：「此間非伏，乃一婦人。」兵士應曰：「然，吾等已熟睹矣。」

此婦初無驚色，瞥睹環而立者，無數之刀光劍影森冷逼人，諸兵士面目又復獰猛無倫，乃愕顧若夢醒，全體一震，致驚其膝上之兩兒。

一兒微啓其目，呼曰：「阿孃，兒飢矣！」一兒張小拳抱首而呼曰：「兒恐甚！」惟懷中之小孩，絕無聞見，但緊含母乳唼咂不已。

婦人此時如受電擊，自頂至踵，顫動不已。仰視適面軍曹，但見鬢眉茸茸蝟立，幾掩其面之全部，兩目紅燄翕張，不可嚮邇，震乃益劇。

軍曹慰之曰：「毋恐，吾曹非他，乃巴黎赤幘隊也。」女商人亦曰：「我則亦十字團耳。」軍曹曰：「瑪丹爲誰，請告我？」婦人瞠視不敢答。

此婦年事尚少，而枯瘠而慘白，衣襤褸類乞兒，首蒙一巨大之頭巾，爲勃蘭峒式，身裹羊皮，以一繩圍繫項下，袒露雙乳，絕無羞澀態，足則無襪無履，指踝血痕縷縷然。軍曹注視此婦，良久良久曰：「可憐哉貧婦。」女商人溫語之曰：「爾何名？」婦人乃期期作低語曰：「我名佛爾宣。」女商人徐徐以手撫摩懷中兒曰：「妮子幾歲？」佛蘭宣曰：「纔十八月耳。」女商人曰：「是已長成，何猶哺乳耶？宜斷乳，飼以麵包。」

佛蘭宣見女商人嫗煦狀，知無惡意，心少安。膝上初醒之兩童，見兵士冠頂羽毛，從風飄颻，以爲嬉弄粉蝶，愛翫不置，恐怖之念，已擲諸腦外矣。

佛蘭宣曰：「諸兒皆飢，我乳亦垂竭矣。」軍曹曰：「我將食諸兒，且及爾。但未食之先，宜答我一語，即爾於政治上之意見何屬也？」佛蘭宣目視軍曹不能答。軍曹曰：「我詢汝之語，汝聞之乎？」佛蘭宣實仍未會軍曹何語，強答曰：「我自幼入隱修院，然實非女尼，已爲人婦矣。我之法蘭西語，由姊氏授之。所居之鄉，已罹兵火，我因避難急，遂無暇納履耳。」軍曹曰：「我非詢汝以此，我所詢者，乃汝之政見耳。」佛蘭宣曰：「何爲政見，我乃未解。」軍曹曰：「我問此，因前此王黨，往往有女諜：脫爲女諜，罪應槍斃。速答我，汝非女諜乎？且汝之本國何名？」佛蘭宣仍直視不吐一語。軍曹又問曰：「汝本國何名，速答我？」佛蘭宣曰：「我不知。」軍曹訝曰：「汝不知汝之故鄉乎？」佛蘭宣曰：「故鄉我寧知之，乃達三法區內之西四宮莊是也。」軍曹聞語，反愕然沉思久之曰：「汝適何言？」佛蘭宣曰：「西四宮莊。」軍曹曰：「此非國名。」佛蘭宣曰：「是乃我之故鄉。」既而曰：「我知先生所問之旨矣。先生爲佛蘭西人，我則勃蘭峒人也，我與先生故鄉不同。」軍曹曰：「然則爾我爲同國矣。汝家在西四宮莊乎？」佛蘭宣曰：「然。」軍曹曰：「汝家何業？」佛蘭宣曰：「家人死亡已盡。」軍曹曰：「人皆有親屬，或今無而昔有，汝告我以汝之親屬何人？」軍曹爲此語，措詞稍婉曲耳，然在佛蘭宣聞之，已覺奧衍如演哲理，又茫然四顧如前狀矣。

女商人睹狀，恐軍曹窮詰窘佛蘭宣，終莫竟其端緒，乃曬就乳兒，且以掌徹豎兩童嫩頰，屬言曰：「小女郎錫嘉名乎？」佛蘭宣曰：「此女名饒善德，兩孺子長曰若望，次曰阿蘭。」女商人曰：「夫人子皆壯美，雖丱角，殊有丈夫氣。」

維時軍曹久嘿，殊不耐女商人絮絮，向佛蘭宣曰：「瑪丹宜答我矣，曷爲舍廬居爲野處？」曰：「我廬已被焚。」曰：「孰焚之？」曰：「不知，僅知一軍隊耳。」曰：「然則爾究爲何等人？」曰：「避難者耳。」曰：「爾護何黨，藍耶白耶？」（法國稱王黨爲白黨，民黨爲藍黨。）曰：「不知。我護我兒。」

少間，軍曹又曰：「適言親屬，汝殊昧昧，今玆詔爾以親屬之標的。設我名賴杜伯，爲赤幘隊之軍曹，我家在巴黎彌狄街，我父我母咸在焉，是即我之親屬也。汝今試語我以爾之親屬。」佛蘭宣曰：「汝詢我家世乎？我家固代爲農人。我父殘廢，其致廢之由，則由取領主獵區之一兔，法當死，賴領主慈，況審官，僅笞百，然吾父從此癈廢矣！」曰：「爾之親屬僅此乎？」曰：「否，吾祖奉新教，教正先生以爲叛教，治徒刑，時我稚，不能詳也。吾翁爲私販，國王處以繯首之罪。」曰：「爾夫何若？」曰：「我夫長日爲人死戰。」曰：「然則孰爲？」曰：「爲國王爭政權，爲領主爭地權，爲教正爭教權。」

佛蘭宣語未竟，隊中一兵士，忽發狂吼曰：「有是哉！人殺而父，徒而祖，殘廢而妻父，乃爲人効死！咄咄！蠢奴！」佛蘭宣方與軍曹語，未虞吼聲之忽發，股慄不敢仰，但合掌呼天主不已。賴杜伯叱兵士曰：「禁聲，勿驚瑪丹！」

女商人即佛蘭宣坐處亦席地坐，撫兩兒曰：「我試度彼等年事，大者四歲，幼者三歲，然否？」佛蘭宣微頷其首。又笑顧乳兒曰：「妮子亦太無賴矣，長日吞啖，効梟獍之食母耶？」繼曰：「夫人毋恐，我等皆已黎之國民軍也。夫人亦國民之一分子，宜入軍隊如我。我名吳散德，約事隊中，爲女酒保。常於槍林彈雨中，傾我溫醇之甘露潤此浴血男兒。夫人毋易我職，八月十日，我在巴黎，曾以我酒飲威士丹蒙將軍。（八月十日爲民黨攻破志哥業尼宮囚繫路易十六之紀念日。威士丹蒙Westermam法之名將爲民黨統軍攻王宮。）此歷史之榮光也。一月二十一日路易十六之處死刑，我曾登斷頭臺，獻王以懺悔之杯。猶憶此朕即國家之狂王，至此乃無一衣一履之蔽體，但赤手接杯，時時顧我猶笑耳。我謂夫人宜壯爾膽，隨我入隊，爲第二號之酒保。我職不難，於兩軍交綏時，腰懸酒筒，手持提鐘，且搖且呼曰：愛國青年，誰欲飲者就我，祇此足矣。我之宗旨在博愛，雖身處藍黨，然值傷人求飲，不論藍白概飲之。蓋人當瀕死，但有愛神，無意見之差別也。夫人許我入隊，脫我被殺，夫人即爲我之繼續人。毋伈伈俔俔，作怯兒女態也。」

吳散德爲此雄辨，自信此雄辯之効力，能介佛蘭宣距躍而起，乃詞畢而佛蘭宣殊澹漠，僅默誦吳散德者數四，抑若此三字殊費記憶力者。

吳散德尙欲有言，賴杜伯止之曰：「我問未畢，汝且勿喧。」乃顧佛蘭宣曰：「汝夫現居何處？成何業？」佛蘭宣曰：「彼已被殺矣，惡能有成！」曰：「何時被殺？」曰：「前三日。」曰：「殺之者誰乎？」曰：「不知。」曰：「藍黨乎，白黨乎？」曰：「槍彈。」曰：「爾夫被殺後，爾何作？」曰：「我携我兒逃。」曰：「携至何處？」曰：「携至此間。」曰：「睡何處？」曰：「地上。」曰：「食何物？」曰：「無。」

賴杜伯聞此，頷鬚忽戟立，面呈不平色，問曰：「竟無食乎？」佛蘭宣曰：「有之，時於叢棘中，覓得野梅桑椹，爲鳥啄所遺者，噉之充飢。」賴杜伯笑曰：「等無耳，奈何云有？」

賴杜伯言此時，毋膝上之大兒，若已解其意者，啼且呼曰：「吾飢吾飢！」賴杜伯急於衣囊中，出麵包一片，授佛蘭宣。佛蘭宣均分爲二，餉兩童，兩童乃大嚼不已。賴杜伯曰：「兒得食矣，母竟不自餉。」吳散德曰：「母或不飢。」賴杜伯曰：「非也，爲母應爾也。」

兩兒食竟，又各呼渴索飲。賴杜伯遲疑曰：「林內無河奈何？」吳散德乃解腰韃所懸之銅杯，又旋酒筒蓋，傾數滴入杯中，就兩童唇際飲之。一童入口，乃藺其眉，一童則張口欲嘔。賴杜伯曰：「爾飲以火酒乎？」曰：「然，我更和以醇醪。彼等皆鄙兒，負此嘉釀矣。」

飲既，賴杜伯續問曰：「兵火中，瑪丹以何術自脫？」佛蘭宣曰：「我出走時，戰方劇，繞我身者，悉鎗彈礮火。人殺我夫，且及兒，我乃抱兒突圍出。初猶奔軼，繼乃蹣跚，終則跌而匍行。」賴杜伯以鎗柄築地曰：「慘殺！惡戰！」佛蘭宣曰：「由此三晝夜，臥苔洞中矣。」賴杜伯曰：「此安足名爲臥。」卽顧爲諸兵士曰：「一楞腹之枯樹，能容一人，如花苞之含蕊者，鄉人號爲苦洞，試問我巴黎人，能堪茲虐苦否？」諸兵士齊呼曰：「可憐哉，一婦人乃偕三童子臥樹穴中也！」賴杜伯故作謔語曰：「若有人過此，適當孳兒號呼時，四顧無所睹，必且奇詫告人，謂文臺之枯樹，能發人聲，啼飢號寒也。」

賴杜伯作此雅謔，非以取快，實乃力掩其悲梗。夫以一寡婦，偕三孤兒，當此彌天戰火之時，竄伏荒林叢灌間，舍離離原草，無所謂饔飧，舍團團圓蓋，無所謂棟宇，誰實爲之，陷此慘酷！賴杜伯此時，蓋有一種不可思議之感情來襲其心，不覺步近佛蘭宣，目注哺兒，不發一語。此時哺兒忽離其母乳，徐徐回首，以嬌麗之目光直注賴杜伯蒙茸之面，囅然微笑。

賴杜伯受此乳兒之微笑，較之利刃刺胸痛乃愈劇，眶中急淚續續下，留鬚間如珠顆，高聲呼衆兵士曰：「吾友，我欲我軍隊爲慈父，收育此三孤兒。」衆兵士不待語畢，齊呼共和萬歲者三。賴杜伯乃與三童各一握手曰：「此吾亦幘隊之胎兒也。」吳散德亦狂樂，抱佛蘭宣曰：「以我一赤幘，護此三孤兒。」兵士乃復呼共和萬歲者再。賴杜伯招佛蘭宣曰：「女國民，汝前隨我行耳。」

第二章

王權傾覆矣！獨夫授首矣！黨派分歧，聯軍逼境，於全國風潮掀天震地之中，有一英國小軍艦，潛航出英法交界瑞秦島之良霽灣，時則九十三年六月一日也。

午後微陰，黃霧四塞，是等天氣，最爲海上逃人所利用。小軍艦適於是時，受都爾鐸文親王之命令，抑若有極重要極秘密之事，必須立時出發者。其出發之目的不可知，就外形言之，則似爲巡哨島東隅領海計，無可議也。艦雖屬英，而船員則皆法產。艦名克蘭樫，形似荷重之商船，實則戰鬬艦也。其構造之特質，譬之於人，則智力兼備，智能誘敵，力能拒敵。是夜之出帆，殆欲自襮其特質之功用者。艦上之中甲板，則以大口徑之海岸砲三十尊代之。礮式極古，各駕以銅輪，各以網具互絡而堅縛，又加巨鎖焉。外乃以礮之上裙掩甲板之門口，布置至爲周密，表面似尚備颷風來襲者；其實則非備風，乃示弱耳。礮眼全塞，甲板之天窗亦閉，自艦外視之，絕無武裝形迹，不過一礮坐式之中甲板而已，船體厚實而肥大，構造至苟簡，然堅緻輕捷，在英吉利海軍中稱首，戰鬬時，力足敵中艦。船員皆法人，大都由亡命之貴族士官，組合而成。人雖寥寥，率皆善駕駛之水手，能鬥戰之步兵，强悍不撓之王黨，平生皆有三種至堅至大之迷信力，至死不肯變更者，曰艦，曰劍，曰王。

其中又有一隊步兵，常備上陸時效用者，亦雜居船員中。

克蘭穆之甲必丹，爲王家海軍有名之軍官白師裴伯爵，其副曰費安斐爵士，法王衞兵之總司令也，船主名賈克卦，亦瑞寨島之名航師。

天下無論何等秘密，當局者類以爲掩蓋周遂，無人能窺其內容，其實冷眼人嗤鼻其旁者屢矣。克蘭穆艦之出瑞寨，其舉動未嘗不故示鎭定，而人度是艦之去，必載有非常之事俱行。蓋當其將啓碇時，突有一人來乘是艦：其人形貌，至翹人耳目也。其人爲一老者，軀幹頎碩，貌至嚴酷，髮皤如銀，而目光炯然，類驍健之少年。當發艦時，適風開外帔，人以是得窺見全身之結束：內服高盧古式連褲之衷衣；足登革韡，長乃過膝；衷衣外，披一野羊毛短褐。褐爲勃蘭峒鄉人所常御，制作極怪異，名雖爲褐，其實乃一完全之獸皮，僅於革上略施緣飾，常日則表毳而裏革，節日則反之，蓋以緣飾之革爲華服也。老人今茲所御，則爲常服；肘膝均陷裂，如其年事。外帔以絹布爲之，亦襤褸如魚鏈。冠圓體博簷之冠，其簷能卷舒自如，下舒時則形如都夫氈笠，上卷則簷左露一絲結之徽章，望而知爲軍人。老人於登船時，特垂其簷，無絲結，亦無徽章，固儼然一鄉老也。

鄉老未登艦時，瑞塞島英國總督巴爾嘉，及都爾鐸文親王，均親蒞送行。又有單倫伯者，本逵丹伯爵之衞士，而當時之秘密革命家也，乃預爲老人糞除船室，將事至謹愼；迨老人至，則竟忘其宿衞之尊，爲之代負行篋，臨別又向鄉老舉行恭順之軍禮。而巴爾嘉總督，亦於此時進祝詞曰：「敬賀將軍，此去定逢佳運。」都爾鐸文親王則曰：「王兄往哉，後會有期！」

號此老人爲鄉老，不過形式上之假定名詞耳。其實本艦之船員已盡屬此名詞之懷疑人，彼等研究未久，即恍然下判斷曰：「此老人之非鄉老，猶此戰艦之非商艦也。」

微風揚帆，海波如駛，克蘭穆艦，載此可疑之鄉老，徐徐離良雲灣而行；經蒲蘭島前，帆檣綱具，猶歷歷可數；未幾，乃愈行愈遠，幾如一點黑烟，隨暮靄而沒。

克蘭穆艦出發後，一時許，單倫伯爵受都爾鐸亥親王之命，遞書於達丹伯爵，（達丹，法舊省，革命時與王黨連合。）及刁克公爵之參謀部，（刁克，英國城名。刁克公爵名弗蘭特，英之大將，當九十三年與法國戰爭。）其書詞曰：「貴人行，成功必矣。八日之內，克倫維至聖瑪羅各海岸，皆烽火矣！」

瑞秦島發此專使，以遞急報，趨事不爲不速矣：距意耑使遄行之前四日，克倫維城中暫駐欵爾蒲之監軍曰柏理安，已得一同筆迹之報告書曰：

「國民代表知之，五月一日潮上時，將有一軍艦名克蘭穆者，偽為商船，出帆於瑞寨島，其目的，欲渡一人，登法國之海岸。其人年老軀高，髮全白，郁夫之衣，貴族之手。已定期初二侵晨登陸，其速諭巡哨艦，捕此軍艦，斬此老人。」

第三章

克蘭穆艦自離瑞寨，不南向而北行，直抵聖卡德靈島之北峽，然後轉帆而西，入寨格瑞寨兩島間之海臂中，俗呼為海複道者。是間兩岸皆無燈塔，為偷渡者所樂趨。維時日已西沒，雖為有月之夜，而海雲密布，闇闇如張巨蓋，直覆海面，復有濃霧掩之，其沉黑乃較尋常夏夜爲特甚。

船主賈克卦於此可恐之黑海中，航行乃非常注意。其時艦行甚迅，已出複道，瑞寨在左，奇南寨在右，遥望聖瑪羅海岸進行。依海程而論，宜向曼磯，爲道較捷，但曼磯多暗礁，且密邇克倫維，爲法國巡艦游弋之區，不如由聖瑪羅安也，

風勢漸盛，檣帆膨脹如皮排，艦行之速度乃益增。賈克卦竊喜，冀以旦明得達法國海岸。

九時路經大鼻島，風益厲，天色慘淡漸露不平態，海若附和之，浪花四濺聲甲板，作洶湃聲。其時乘艦之鄉老，適散步甲板上，意態嚴毅如天神，似絕未覺風浪之震撼者，且行且出衣囊中古古茶塊狂嚼，齒力銳利，不以髮白而稍頓其鋒。

鄉老沉默，絕不與一人語，偶與甲必丹密談，亦音微而詞簡。甲必丹

則肅然敬聽，如受長官之命令然。

夜深霧重，海色迷濛，克蘭梭艦沿行瑞窣北匿，傍海岸緩行。此時賈克卦兀立舵樓，目注手營，精神不稍旁騖，蓋是處礁石羅列，咸淬其鋒鍔，以待失路之艨艟，脫一不愼，穿罅洞腹，禍且不測。幸賈克卦老於海事，行此羅網之危海，曲折奔赴，如遊行熟習門戶之屋中。海行遇霧，他人目爲不祥，而賈克卦則以爲海神之助己，得安然避弋人之目也。

忽聞聖墩鐘樓報十時，知已安然脫礁海，近大驛島矣。於是霧益重，浪益大，船身遂震蕩不甯。白師裴伯爵，費安裴爵士，乃共導鄉老入船室。當入室時，鄉老低語兩人曰：「我之姓名，惟兩先生知之，幸守秘密，勿於事發之前宣洩也。」白伯爵曰：「謹受命，吾曹當埋之墳墓中。」鄉老曰：「善，我則於死前，不願示人以名姓矣。」言既，即昂然入室。

第四章

白伯爵與費爵士既送鄉老入室，乃復登甲板，於黑闇中，比肩作偶語。白伯爵曰：「吾儕頃所見者，乃首領也。」費爵士曰：「呼之為王亦當。」曰：「差近之。」曰：「於法蘭西為貴臣，而在勃蘭峒則王也。」曰：「在法王金輦中，彼乃侯爵，猶我之為伯爵，爾之為爵士。」曰：「噫！金輦乎，今安在？吾曹已陷泥橇中矣！」

歎息聲中，兩人詞鋒稍挫。既而，白伯爵又續言曰：「法蘭西無王矣，人將以勃蘭峒王代之！」費爵士曰：「林無鷹鸇，則尊烏鴉。」曰：「我則甯尊猛惡之禿鶖。」（禿鶖水鳥，喻海軍人。）曰：「然哉，有利喙，有鈎爪。」曰：「吾儕今日已目睹之矣。」曰：「然，時至今日，論事勢亦不可無一首領矣。諺云：軍人之需首領，猶鎗炮之需火藥。今日之所謂首領，我皆熟知之，殆無一足稱斯號者。我以爲文豪今日，有一眞將軍，即文豪之主也。水碓土窟，棘林網徑，皆可利用以老敵人。惡戰慘殺，以示聲威。持之以恆性，行之以忍心，事乃克濟。若日前文豪之鄉兵，未嘗無一二英雄，而首領則我未之見。賫爾朋弱。監士渠病。彭商慈若婦人。勞宜若則一良少尉耳。西爾乃平原之士官，不宜遠征。郟狄奴性善執鞭御馬。時陶福力足逐兔追鷹。裴蘭德乃栗果兒。蕭倫徽爲滑稽師。沙斐德之鄙倍，言之齒冷。凡此所舉，皆文台偉人，然我猶未及剃髮師蓋士唐也。夫以一剃髮師而指揮諸貴人，則王黨與共和黨之異點安在，奚必死抗革命哉？」

伯爵握空拳作猛擊狀曰：「是皆革命之惡魔，陷我於此。」費爾士曰：「今日之法蘭西，乃如巨瘍。」曰：「能脫吾曹於平民之瘍厄者，惟英吉利耳。」曰：「是言我亦信之，但目前之穢醜，已足令人作惡矣。王黨大將，時陶爾爲慕來佛先生之獄監，何異於共和黨國務大臣巴香，爲葛士德黎公爵門吏之子乎？文台之勁敵，民黨爲桑坦爾，麥酒商也；王黨爲蓋士唐，剃髮師也。」曰：「然，蓋士唐之爲人，我甚重之。彼爲基曼奈之總司令，能盡其職。曾有一次，藍黨三百人掘地道已成，彼乃悉鎗斃之，無少顧恤。」

費爵士憤然曰：「是何足奇，我亦曾爲之，乃較彼爲捷。歷史戰爭之榮光，宜爲我貴族所獨占，剃髮師惡能蝨乎其間？」白伯爵曰：「汝論殊乃偏宕，實則平民中亦多可敬之人。即如鐘匠邵黎，爲福倫特聯隊之長；自號文台黨魁。彼有一子，乃入共和黨，戰爭時，於戰場上捕而焚殺之。」費爵士曰：「勇哉此傖！」白伯爵曰：「此王黨之白理狄也！」（羅馬之革命主動人。）

費爾士曰：「汝言未嘗不當。然如高某蘇，如尚純，如穆倫，如符楷德，如蒲虛，如許伯，皆賤民耳。而我武俠之貴冑，聽其指揮，是惡能堪！」白伯爵曰：「脫言難堪，則彼此同之。王黨之雜市民，猶民黨之容貴族。如剛格魯伯爵，糜倫丹子爵，蒲海南子爵，樊郎士伯爵，瞿斯丁侯爵，皮倫公爵，獨非民黨之魁乎？」

費爾士立緺其眉曰：「是何時代，乃紛擾至此！」白伯爵曰：「倘有王族中首先主張路易王死罪之奧倫公在！」曰：「是乃愛嘉利丹之子也，論次當王。果能王吾法國乎？」曰：「是難言。」曰：「彼果踐位，彼乃自踐其罪耳。」曰：「然，以惡昇者，墜亦以惡。」

是時海中潮聲忽厲，語潮乃因之稍間。未幾，白伯爵乃復理其前言之緒曰：「我昔在菲色野王宮時，曾親見其入宮覲王，覥顏獻調和之策，不知人已吐其背矣。」費爾士曰：「人謂之何？」曰：「謂爲泥中之不爾弃。」（法王之姓，史稱爲不爾弃朝。）曰：「是人首猶禿而面痘斑，弑逆之首惡也。」

爵士語至此，忽拊伯爵肩曰：「吾儕勿語此拂意事，汝臥室中有博進具乎？」伯爵曰：「有之。」爵士曰：「甚善，若在巴黎酒肆中有之，則更佳。」曰：「是不難，吾儕於一月內，將至巴黎矣。」

我爵士沉思久之，問曰：「此行事機若何。」伯爵曰：「事機殊佳，勃蘭嗣兵，祇在善用之耳。」爵士搖首者再，又問曰：「艦上之步兵登陸否？」伯爵曰：「必登。各海岸皆拒我者，我不能明攻，我將潛入。是皆無慮，所重要者，首領耳。汝謂宜何若始足爲首領？」爵士曰：「必熟習林莽之鄉人。」伯爵曰：「若是乎，必時陶福郟狄奴翟爲將軍，乃可勝任而愉快。」爵士曰：「非也，宜擁戴一法蘭西之親王。」

伯爵曰：「爵士語當，吾曹且拭目觀此將軍。」爵士應曰：「然，觀此貴臣。」伯爵曰：「汝信其足勝任乎？」爵士曰：「我信其知能。」伯爵曰：「否，我則信其嚴猛。」爵士拊掌曰：「佳哉，伯爵言嚴猛；嚴猛之首領，乃吾儕之眞首領也。從來戰術詞典，無慈悲二字，況當此血色之時代乎！弑逆者斷路易十六之首，我則裂弑逆者之四肢。」

爵士語未竟，忽聞一慘呼聲，繼以砰訇巨響，由艦內迸發。兩人乃立斷其話機，犇赴中甲板口觀之，惟見諸砲兵紛紛攀登，已不能復入矣。

第五章

克蘭穆艦載有三十磅大口徑之海岸砲，安置中甲板中，前章已言之矣。乃此時忽於三十尊中，有一尊最大之砲，因船身之震撼，遽脫離砲坐，犇突於中甲板之內部。

夫天下可恐之事，孰有逾於軍艦在洪濤巨浸中，大礮忽脫其羈軛。此時之礮，不當名礮，乃成一莫可名狀之怪獸：騰擲如豹，嚴重如象，輕捷又如鼠。波之流動，斧之堅利，閃電之迅疾，復佐以行動便捷之機輪，往來進退，左衝右突，或伏焉，或躍焉，自船首以迄舵尾，無不為其威棱之所屆。譬之巨梃攻脆壁，梃為鐵而壁則木，其何不摧？颶風可畏，而此乃旋風；暗礁可避，而此乃流礁；犬可馴也，蟒可誘也，獅虎可懾而致也，惟此無知覺之銅妖，殺之不可，捕之不能。其進行之方針，恐依舖板之傾向。板之動由船，船之動由浪，浪之動則由風；船也，浪也，風也，皆足助其焰而傳之翼。推斯憤怒之情形，殆非盡毀是艦而覆之不止也。其致禍之原因，實由一礮隊長之疏忽。其縛此巨礮時，但嚴縛纜鎖之螺釘耳，而於礮之四輪則至鬆懈；一懈一嚴，爲力不均，遂使襯板與砲身，當翕闔不竄，脫出於制退繩之外，（制退繩，法文稱謂La brague乃軍礮中用以制大礮退却之綱具。）論勢已不能安於礮坐中矣。其時海中忽起一怒濤，猛擊礮眼，礮乃猝退，立斷其鎖。於是伏軛之奴隸，一變而爲自由之猛獸，非人力所能制矣，

當纜鎖猝斷時，諸礮兵適均在礮位中，時聚時散，從事戰備甚勤勉，未暇他顧也。出柙之礮，因船勢之直簸，突貫人堆而過。此發軔之第一擊也，碾斃者，乃有四人；忽又返身橫鶩，而第五之被害者遂攖其鋒，排擠至舷左壁，力擂之，肢體分裂爲兩。白伯爵與費爵士，在甲板口所聞之慘呼，即是人臨終之尾聲也。各礮兵見勢莫禦，咸驟散，紛紛登梯以避之。

白費兩甲必丹，雖夙號勇敢，至此亦相覷失色，兀立梯顛，目注中甲板，無所爲計。突有一人自後出，摩肩而過，拾級由梯直下。其人爲誰，

蓋即乘船之鄉老，兩甲必丹適所談者也。行至梯之末級，遂矗立如石象。

第六章

維時船身之顛簸愈甚，而巨礮之轟擊亦愈劇烈。礮架之他礮，椎毀者四具。船壁洞兩穴，雖在水線之上，脫遇颶風，海水可立灌。艦之肋材腹材，皆堅壯無倫，然以萬斤之銅錨，雷霆電激於艦之周陸，其有不銅山東崩洛鐘西應者乎？砲輪碾已死之人體，一次二次，至無量次，五屍已成肉糜。血浪流行板面，如縱橫之叉港，遇破裂處，則洶湧下注，變爲無數之血瀑。

還，帆布網具，凡可以阻礮之行動而弱其力者，罄所有悉投之甲板中。然此舉殊無効，一瞬間所投之物，悉片片作蝴蝶飛矣。礮之蹂躪，則有增無減，三十尊之海岸礮，僅留十尊在礮位，餘則悉嚮應大礮，助其破壞。前桅垂折，主桅亦鱗傷遍體；船壁之破口，乃愈增多，海水汩汩而入，淪胥之慘，近在眉睫焉。

時則鄉老已在中甲板中，傍梯而立，以嚴厲之目光，繞此慘劇場一周，知移前趾步必無倖，然則聽其趨死乎，抑設法救此危難乎，正沉思未得善策。

白伯爵乃謂費爵士曰：「爵士，汝信天主乎？」爵士曰：「有時信之。」曰：「在颶風中則如何？」曰：「如此時，則不敢不信矣。」曰：「欲免吾曹於此阨，舍仰主力外，無他法矣。」

於是全艦皆屏息無敢聲，惟聞艦內之巨雷狂吼，艦外之怒濤脅嚇，一唱一和於海天蒼茫之中。

當此至危急時，於羣礮交鬨之盤渦中，突見一人一手執舵桿，一手挽巨索，由梯板直躍而下。伊何人，蓋卽肇禍之礮隊長，海岸礮之主人也。礮隊長旣以疏忽召巨禍，自審犯重眚，非力捕之，無足自贖，乃奮然冒此重險，下中甲板。

其初入也，伏於艦之一隅，背倚巨柱，牢植其兩股於板面，色慘淡而沉靜，特張兩手，以待巨礮之來。

礮隊長與礮習，自謂能識礮性，絕無懼色，而礮亦如獒犬之覓其主人，竟昂然如山岳，直壓礮隊長之身。一時船員之在梯口者，無不瞠目直視，至窒其胸息，不敢翕張。所巍然不爲動者，僅有已入中甲板之鄉老獨立梯下，爲兩決鬬士之證人。

巨礮直趨礮隊長所踞地，已垂及矣，礮隊長避無可避，在理靡不齏粉；乃適於此時，船身為巨浪所撼，勢一偏倚，礮乃暫駐作眈視狀；礮隊長得乘隙作準備，迨礮直撞而至，已聳身一躍，離礮丈餘。

於是一來一往，或迎或送，以至脆攻至剛，以肉體抗銅質，一方則全用勢力，一方則純恃靈魂，人與礮乃劇戰於幢幢黑影間。靈魂之為物乃至神妙，為人類所獨具，或謂此時之礮，似亦具之；其猛撲則怒也，其橫擊則恨也，其左右盤旋則窺伺也，其卓立不動則相機也。有時懼為人襲，則突出奔逸，所經之處，搗毀一空。

礮隊長手中有杆有繩，而礮則僅有四輪，無自衛之武器。乃忽焉行經砲架下，遇一繫礮之斷鐵鍊，立捲入礮底，為螺釘所鈎，一端雖被鈎，其一端則仍自由狂轉於礮之周圍，儼然以銅拳握鐵鞭，作蹤旋舞，其騰踔之勢乃益張。

礮隊長此時知直攻必無濟，乃堅執繩杆，循行船壁間伺之。而礮若已窺其隱，知有機阱，乃立逃。礮隊長急側身讓至左舷，礮乃撲空，怒甚，突右舷一礮立碎之，藉反擊力，直趨左舷，攻礮隊長，又不能傷，乃以餘力傷左舷之礮三尊，於是熱狂之度達極點，忽背人而馳，逕衝船首，破其壁，成巨穴。礮隊長乘隙，已避至梯次，距鄉老僅數武耳，手中猶堅持繩杆，作伏而狙擊狀。礮乃瞥見之，反身疾如斧劈然，其迅勁乃無比。此時礮隊長，卽堅如鐵石，捷若猿猱，亦萬無倖免理。衆船員睹此險狀，各失色驚呼。維時兀立梯下之鄉老，忽舒步直前，較礮勢爲尤疾，猝取一亞昰牙Assignats（法國革命時紙幣之名）之紙卷，投入礮輪中。礮正猛進，猝遇障礙，全身爲之一震，遂殺其進勢。礮隊長乃乘機以舵杆貫輪軸，力翹之，礮不能支，但聞轟然一聲，如洪鐘之踣地焉。礮隊長卽舉足力蹴其背，而以巨索繞其體者三周，於是人獲全勝，而礮作囚虜矣。

全艦之兵士及水手，至是皆鼓掌歡呼，礮隊長亦轉身向鄉老行一軍禮曰：「謝先生拯我命。」鄉老岸然不答。

第七章

前章述人礮之决鬥，雖云人已勝礮，其實則砲亦勝人；蓋傾覆之禍，但免一時，而軍艦已如瀕危之病夫，無可施救。船壁之破口共五處，在船首者爲尤巨，船底則爲海水所灌，洋溢如池，脫非喞筒，其下沉可立而待。海岸礮則已毀者二十尊，皆橫臥網具中，其執縛之一，礮底螺釘全脫，即安置坐中，亦失其行動之効力矣。

當礮禍作時，全艦之人，所輪轉於心目中者，祇有生死兩問題，他非所恤。適値海色沉黑，霧勢更重，艦爲風引，忽失其預定之航綫，漂流至瑞褰之南崖。其地已入曼磯境，爲最恐怖之礁海，船主買克卦所欲力避者也。

然船員此時，尙未知艦行已達危海，方羣聚中甲板中，整理破損各物；及礮坐中未毀之礮。鄉老則升甲板，斜倚大桅，仰而若有所思。

未幾，甲板上忽聞號笛一聲，費爵士已指揮一隊步兵，分列大桅兩傍。諸水手亦依次繞帆架鵠俟，氣象肅然。白伯爵乃徐徐向鄉老立處行，後隨一猙獰之人，雖喘息迫促，衣服散亂，而神色則殊鎭定。其人蓋即肇禍之礮隊長。旣至鄉老前，立垂其首，目下視作服從狀。伯爵向鄉老舉手行軍禮，隨曰：「此人已攜至。將軍旣爲首領，今日之事，宜有所處分。未審將軍已計及否？」鄉老曰：「計之熟矣。」曰：「然則請將軍出令。」

曰：「君爲甲必丹，令宜自君出。」曰：「否，君侯乃將軍。」鄉老於是注視礮隊長呼曰：「汝來前。」語時，隊長即前行一步，近鄉老。鄉老乃返身向白伯爵身畔，解取聖路意之銅十字，繫諸隊長之短褐。衆水手遂同聲呼華拉！（海軍人表敬禮之歎詞。）步兵則各舉鎗示敬。一時艦內外空氣，咸含嚴靜態，即狂風怒浪，亦似暫斂其咆哮。在此羣籟俱寂中，忽聞鄉老以極銳朗之音，指礮隊長宣言於衆曰：「吾曹今日宜鎗斃是人，非淫威也，是人致吾艦於重險，已犯不可赦之疏忽罪。凡我軍人聽之，軍艦之趨海，猶兵隊之赴敵，矧茲潛航，顯有颶風，隱有狙伏，奚啻二敵。軍法，在前敵，犯疏忽罪，受死刑。是人乃躬蹈之。功則賞，罪則罰，軍中無貳。」宣言畢，即顧諸兵士曰：「趨實行。」礮隊長此時俯首無一語。

惟見襟際十字，閃閃作慘光。白伯爵則已發令，遣兩水手下中甲板，舁一捲屍懸床至。軍中牧師則踵其後。步兵軍曹，立撥其隊中十二人，以六人爲一列，分兩列，夾礮隊長而立。牧師乃手持十字架，默然入兩列中央，立礮隊長傍。預備竣，軍曹乃發口號曰前！於是諸人皆徐步向船首行，兩水手荷屍床以從。

是時艦中寂靜如墳墓，黑暗如地獄，忽聞空中鎗聲爆鳴，繼以電光一耀，而屍體墜水之聲，達人耳鼓矣。回視鄉老，則仍倚大桅，交臂而立，沉思不語。白伯爵乃伸其拇指，向費爵士作耳語曰：「文台今日有一首領矣。」

第八章

礮隊長旣處死刑，船員乃糞除中甲板中所有壞礮折輪，殘缺之龍骨，剝落之鐵皮木塊，悉舉而投諸海。船板上四分五裂之屍體，亦羅而納之布袋中，啓礮眼擲出。於是礮禍之局告終，全艦之氣爲之一蘇。

外視海中，夜色雖仍爲雲霧所掩，不能一吐光明，然風力則反減於前。依常勢論，風減則浪亦減，而此時浪乃洶湧更甚，以是知所蹈危機，固在海底而不在海面也。以病艦涉危浪，不風亦足覆舟。

賈克卦斯時，乃盡力展其駕駛之術，以危舟立惡浪中。費爾士性佻達，平生固視危險爲最得意之玩具，今又新脫險，意至得，乃就賈克卦爲諧語曰：「船主！汝不見今夕海神患噎而苦不宣，我海岸砲爲發散劑，偶然一投，乃立癒其噎。」賈克卦澹然答曰：「海愈耶？海固有浪也。」

無喜亦無惱，是固海人之特性，第賈克卦外示鎭定，而語意已隱含脆脆象，果何爲耶？蓋緣艦已漏水，一遇浪激，則水之灌注益速，其可憂或甚於破禍。費爵士覺之，問曰：「我艦現在何所？」賈克卦不答。

常例，船主當航行時，動靜語默一惟其意。費爵士見賈克卦不樂多言，遂離舵樓，獨行甲板上。一舉目間，忽覺賈克卦未答之語，海神乃翔而相答矣。

時則見海內重霧，爲曉色所擊，忽然破裂。中天雲影，雖如幕懸，亦不能下掩四垂。即此空隙中，東方日出處，忽露一縷白光；西方月沒處，亦露一縷白光。白光遙遙相對，周緣地平，儼然成一海天之界線。

然此界線中，非空無物也，兩方俱有矗立不動之黑影數點。黑影伊何，東方則爲巉削之三高岩，西方則爲整列之八巨帆。岩乃暗礁，帆則艦隊：暗礁非他，乃最著凶名之曼磯；艦隊非他，乃追捕之法國海軍。此時克蘭穆艦所處之地位，適在戰場與危淵之中：前行則戰，後退則沉。

况克蘭穆艦對於暗礁，則船身已破漏，機關已敗落，桅檣已搖撼不艇，全失其航力矣；對於戰鬬，則全隊之三十礮，已毀二十一，最良之礮兵已死，亦全失其戰力矣。

其時天色已近曉，近曉海中乃愈黑暗。風固非狂，顧艦舵不甚聽命於舵師，謂爲划行，實不如言旋行之爲當。蓋浪旋則艦亦隨之而旋耳，愈旋乃愈逼曼礮。

克蘭穆艦原定之航路，本欲避克倫維而趨聖瑪羅，迨礮鬬一作，迷亂之中竟舍所趨而蹈所避，致陷此危險之夾道中。此時卽能揚帆航行，欲返瑞棐，則曼礮障之，欲登法國海岸，則艦隊尼之。

費爵士睹狀大驚，繼乃獰笑，呼曰：「在此則沉，往彼則戮，吾曹當擇一以自處矣。」

第九章

於是全艦人聲寂然，惟風聲浪聲，與艦底漏水聲，歷聞不已。白伯爵乃密令費爵士下中甲板，檢閱礮位，己則持望遠鏡傍舵樓立。忽問賈克卦曰：「此間何處？」賈克卦曰：「曼磯。」曰：「能椗泊乎？」曰：「否，僅能趨死耳。」白伯爵舉遠鏡，先西向察曼磯，繼乃轉東，凝視遙遠之帆影，默數之，爲數乃八，皆卓立水面緩緩來。八艦中，居中一艦最高大，爲三甲板之戰艦。白伯爵謂賈克卦曰：「汝識此艦隊乎？」曰：「識之。」曰：「何國。」曰：「法蘭西之中艦隊也。」曰：「全艦隊乎？」曰：「不全。」曰：「然，我憶之，二月二日，佛拉瑞在國約議會報告，以十中艦，六大戰艦巡邏曼希萃島，是中艦隊有十六艘，今所見僅八艘耳。」

曰：「其餘或散處四方，作哨探。」曰：「前行居中者，一三甲板之大戰艦，二中艦爲第一列，其第二列則五艦。」曰：「我亦察之審。」曰：「壯哉艦也！我昔曾統御之。」曰：「我則不擇何艦，悉納之腦海矣。」

白伯爵以遠鏡轉授賈克卦曰：「船主，汝試辨大艦何名？」賈克卦熟視久，答曰：「是名金岸。」曰：「諸艦之名，彼等已更新，其實即從前之波哥尼艦，乃新艦也，有礮百二十八。」言時於衣囊中，出手簿，以鉛筆記128之數碼，復問曰：「左舷第一艦何名？」曰：「列格斯卑利曼。」曰：「是三月前曾駐防勃蘭斯脫者，爲礮乃五十二。今試言左舷第二艦。」曰：「名特蘭達。」曰：「是船在印度曾著戰功，有礮四十尊。」於是俯取鉛筆，於手簿上，先書52，又書40，書既，復舉首問曰：「今當及右舷矣。」曰：「右舷共五艘，皆中艦。首一艦，名蘭沙。」白伯爵止之曰：「毋煩舉，我已悉知之，艦各三十礮也。」隨言隨以五艦之總數加簿上，爲160，旣又注目良久，口中默計曰：「百二十八，五十二，四十，百六十。」時適費爵士由中甲板來，白伯爵一見卽呼之曰：「爵士，汝知我艦已在三百八十礮之前乎？汝今檢閱我艦，能戰之砲幾何？」費爵士曰：「九尊。」白伯爵默然，復取賈克卦手中之遠鏡，向外觀之，則天際八艦，仍寂然不動，顧形體較大，知距離近矣。

時費爵士已至白伯爵前，曰：「我今將以檢閱所得，報告甲必丹矣。我曹於忙迫中，登斯英艦，爲計至左。我夙用爲疑，及受海岸礮之創，英艦叛我乃益顯。今又覆加審查，知錨鐵非純靑，乃以鐵杆鍛接而成者。大網具，長可百二十尋，第脆薄易斷。若論戰鬭力，則六礮兵已死，盡我之力，僅能射發一百七十一次而已。」白伯爵聞語微頷其首，而目光則堅注遠鏡不少移。

凡海岸礮之所長，在運動靈便，三人之力足舉之，而其短處，則射發時，不如他種礮之及遠而命中。白伯爵所以耑心於遠鏡者，即覘敵艦之遠近，以驗海岸礮之射程，能及否耳。

克蘭穆艦對於人之不能戰，猶其對於浪之不能戰，白伯爵固審知之。然此時不能不悉索所餘能戰之品，以爲戒備。一時甲板上乃愈嚴靜，雖號笛闃然，而人人實行備戰。先以大小網具，縱橫交繫，以罩大桅，又立障壁以禦彈丸，設治傷所以待傷人，開彈丸艙，守火藥庫。各水手則每人受彈盒一，匕首一，短銃二，懸諸腰裡；或則整理機械，或則磨治刀鐮，皆默無一言，各事所事，其狀乃至忙迫，至悲慘。

繼乃投錨椗泊，艦有六錨，乃悉投諸海中，整列如艦隊然，以抗敵艦之入：守夜錨在前，曳近錨在後，潮錨面海，汐錨傍艫，小錨居右舷，主錨懸左舷，九尊毀餘之海岸礮，悉移置一面，當敵人之來路。

地平線上之八艦，時亦悄然無聲，漸行漸近，已變其陣勢，繞曼磯作半月形。譬之于弓，曼磯爲弦，而八艦爲背，克蘭穆艦則攔入弦與背之中央。又有六錨維繫之，致不能移跬步。

維時兩方皆肅然毅然，如虎豹對搏，雖不吼叠，而張口呑露其猫牙。白伯爵乃顧费爵士曰：「時至矣，我欲開戰。」费爵士答曰：「諾，如甲必丹命。」

第十章

白砲隊長鎗斃後，鄉老迄未離甲板一步，目矚一切舉動，殊無所慴，顏色乃洋洋如平常。白伯爵備戰既竣，遂趨前謂鄉老曰：「艦備已齊矣，依現勢論，全艦之人，已為艦隊與暗礁之囚虜，非殲於敵，卽觸於石，舍斯二者無他擇。顧其沉也寧戰，與其死于水也，寧死于火。雖然，此皆吾等事，非所論于將軍。若將軍者，蒙諸王之推戴，身負重任，脫將軍有失，是不啻君主政體之失敗也。是則將軍宜生，吾曹以留此為盡職，將軍則以去此為効忠。我敢請將軍速離此艦　吾將予將軍以一人一艇，乘此天色未曉，浪高月黑之時，脫險尚非甚難。但使將軍得脫　縱艦沉軍覆，猶凱勝也。」

白伯爵語既，鄉老乃頷首者再，以示承諾意。白伯爵遂高呼曰：「諸兵士及水手聽之！」全艦聞呼，咸立止其運動，回首面白伯爵。伯爵曰：「吾黨中有一人焉，為國王之代表，而文台之首領也。王位之存廢，戰爭之勝負，胥是人是繫，我曹於未死前，宜盡力保存之。救我首領，無異全救，衆謂如何？」一時船員皆高呼曰：「然！然！」伯爵又曰：「然出走殊險，逕達彼岸，談何容易！欲犯巨浸，宜用大船，然欲避敵偵，則不能不用小艇；且宜隨一強勇之水手，能漕善泅，兼熟習各處之途徑者，乘此深夜，悄然離艦脫敵目，越暗礁，直向海岸力划，擇一至安之處上陸。我衆今已無術自脫，然力足脫我首領。獅自撲而鼯自逸，計莫妙于此者。」衆又齊呼曰：「然！然！甲必丹言當。」伯爵曰：「事急矣，宜速行。水手中孰果願往者？」即有一人在黑暗中，應聲而出曰：「我！」

第十一章

有頃，艦上一小艇，受甲必丹之命，立時下縋。艇小僅容二人，水手居前，鄉老居後，中則儲乾餅牛炙淡水瓶之處。既及海，漸漸離艦，直向曼磯進行。取道雖近險，然舍此實無第二之出口。費爵士於艇之行，倚舵横柱，狂笑送之曰：「往哉逃乎！逃固佳，然我曹之沉乃益佳！」賈克詰讓之曰：「爵士，此寧嘲笑時耶？」

小艇順風浪而下，其行至迅。爵士與船主語音未絕，而此渺然一葉，已滅沒於曉光浪影間。

在此一刹那間，海上泬漻之狀，大類猛雨將來，萬木桑息。忽焉有巨音劈空氣而上捎，則白伯爵號衆之聲也，其言曰：「我王之海軍人！亟揚白旗於桅顛，俾吾曹親見其拂末次之太陽！」言既，卽繼以轟然之礮聲，出於克蘭穆艦。於是艦中萬聲一致，咸高呼國王萬歲，而地平線上，亦于其時隱隱間答嚮，凝聽之，則呼共和萬歲也。旋卽有千百巨雷，迸發於汪洋大海中。

由是之後，但見赤雲亂舞，烟網彌天，海水為墜彈所激，沸且百丈。克蘭穆艦，如一座火山，盡力噴礴其烈焰，以撩八艦，而八艦則如一隊火龍，蜿蜒繞克蘭穆艦之周圍。在風搏浪擊中，船身時隱時顯，脫令天文家以遠鏡測之，必且疑日輪中，著無數黑子焉。

是時小艇中之兩人，離艦已遠，絕不返顧，直向曼磯海峽中進行。曼磯形勢，本一三角形之暗礁。其海底之面積，乃較瑞察為廣，特常日為水所淹，吾人無從施其繩尺耳。其顯於海面者，有一高丘，去丘之東北，則有六堆巨石，斷續如壞牆，所謂海峽，乃適在此高丘與六石之中央。其處至淺至狹，僅容輕舠。涉險者第越此峽，即入自由之巨浸矣。

駕艇之水手，恃其艇身之輕且小，漸入峽中；然仍不敢猛進，礁左則艇右，礁右則艇左，捫搽而前。艇為岩石所蔽，戰火已不復睹，但聞爆鳴不絕之聲，猶能想見克蘭穆艦抗戰之烈，非竭其百七十一次偏舷射擊之力，不肯沉也。

艇行峽中，歷一時許，始離峽而入海，則已海波溶溶，旭日升矣。暗礁之險，敵伺之嚴，礮火之危，至是皆無慮。然謂已達坦途則可，謂已脫危機則不可；以無帆無檣無羅盤之小艦，浮沉高浪中，所恃以自救者惟有力划，何啻微塵漾太空，一粟墳滄海，其不陷沒者幾希。

然此時水手，乃殊不以陷沒爲慮，反懈其划力，於微茫曉色中，囘其慘白之面，眈視艇尾之鄉老曰：「汝識我乎？我乃爾鋃鐺者之弟也。」

第十二章

鄉老於黑暗中，倉卒下艇，實未暇一辨水手之面目，至是聞呼，乃徐舉其首注視之；則見其人年三十許，顏貌爲風日所暵，作枯葉色；眸子至瞭，然斂銳之中，時露懸恪；兩拳握撓柄，堅碩無倫，望而知其腕力之强；腰韃間縣七首一，短銃二，大念珠一貫附焉。

鄉老視竟，乃問曰：「汝告我以此何意？」水手立置其撓，仰首疾視曰：「殺汝耳。」曰：「何爲殺我？」曰：「汝殺我兄。」曰：「我曾救若兄之命。」曰：「誠然，汝救之於前而殺之於後。」曰：「是非我殺之。」曰：「然則孰殺之？」曰：「彼之罪過殺之。」

水手乃張目視鄉老久之，繼乃蹙軒其眉，作恫喝狀。鄉老曰：「汝究何名？」水手曰：「我名哈孟六。然汝此問殊無謂，何必於未殺之前，知殺汝者之名。」

兩人問答間，適聞海峽外戰礮聲，忽爾中止。即偶然爆鳴一二，絕似猛獸垂斃，發其末次之狂吼。黑烟萬縷，乘風四散，落於地平綫上，而此渺然之小艇，既無人主張，亦遂漂泊于航路之外。哈孟六乃左手執短銃，右手持念珠，植立船首。鄉老睹狀，亦起立謂之曰：「汝信天主乎？」哈孟六叉手作十字形，答曰：「我主居天堂！」曰：「汝有母乎？」哈孟六又叉其手，爲第二之十字，答曰：「有之。」既而曰：「殿下既語及此，吾當推吾主吾母之慈，假殿下以一分鐘之時間。」旋言旋以火藥實短銃。鄉老曰：「汝乃呼我爲殿下乎？」哈孟六曰：「汝爲領主，我以狀卜之。」曰：「汝有領主乎？」曰：「有，且大領主也。寧有爲人而無領主者？」曰：「汝之領主安在？」曰：「不知，去國已久矣，人稱之爲冷達男侯爵先生，豐丹南之子爵，而勃蘭峒之王也。彼之領土，乃包有七樹林，我雖不及見，第論分終屬我之主人。」曰：「如爾見之，則聽其命令乎？」曰：「此何待言？倘我不聽其命令，我乃化外矣。吾人第一之本分，乃聽命於天主，次則事國王如天主，事領主如國王，然皆無與今日事；今日之事無他，汝殺吾兄，我當殺汝耳。」鄉老曰：「我殺爾兄，於義至當。」哈孟六堅持其短銃擬鄉老曰：「我殺爾於義何虧？」鄉老嚴靜如常，徐徐曰：「牧師安在？」哈孟六曰：「汝需牧師乎？」曰：「我殺汝兄予以牧師，汝今殺我不宜闕之。」曰：「我乃無之，大海中寧有牧師乎？」

言次，適有海風吹送遙天中悲鳴之殘礮聲，鄉老指謂哈孟六曰：「若輩被殺於礮火者，且皆有之。」哈孟六沉吟自語曰：「此語確，彼等有軍中牧師。」曰：「然則汝殺我無牧師，汝非殺我肉體，乃滅我靈魂，茲事至重大。」

哈孟六立垂其首，沉思不語，鄉老乃抗言曰：「汝聽之，汝滅我靈魂，乃不啻自滅爾之靈魂。我實憐汝之愚，曩者我始救爾兄而終殺之，非先慈而後忍也，乃各盡我之分耳。今我又欲盡我之本分，以救汝垂滅之靈魂。汝不聞此時遙海激戰之聲乎？或燔於火，或溺於水，父不能復撫其子，夫不能復吻其婦 亦有兄弟如爾者，不能復肩隨其兄弟。是果誰之罪歟？皆汝兄之罪也。汝適言信天主，汝乃不知天主之攖痛苦，無逾今茲。卵翼之法蘭西王則囚矣，於壂之勃蘭峒聖堂則污矣，聖經則毀裂矣，戒律則違犯矣，宣教之牧師則屠殺無餘矣；吾儕乃冒千危萬險而至此，果何爲乎？夫亦欲獻流壤之力，翊贊天主也。假使汝兄奮其忠勤，不負厥職，則礮髇何自作，艦何自損，道何自失，何自衝入敵艦之手？竊計此時，已率我武俠之戰士，攀登法國海岸，仗劍揚旗，以應文台之鄉兵，救我法國，救我國王，且救我主矣。凡此規畫，皆我儕所願共圖者，不意悉敗壞于汝兄之手。今乃僅留我一人，然我在猶可有爲也，汝乃欲并除之。論汝之所爲；對於國王，則爲弒逆；對於天主，則爲魔鬼，汝兄創始之，汝乃成就之。汝甯不知我爲國王之代表，無我則鎮市之焚殺不能息 百姓之號哭不能止，國王之四不能脫，耶穌之悲不能慰，汝乃毅然爲之，我不自哀，我乃哀汝犯逆天之罪也。汝受甲必丹之命而背之不義，許我以生而死之不仁；不仁不義，何有於靈魂？以滅人而自滅之，我願與爾共投地獄中，受天主之裁判，其責任則汝自負之。況我與爾相對於孤曠無人之荒海中，欲爲則爲，固汝之自由。我老矣，汝則正少年；我無兵器，汝有短銃，其速殺我，毋失時！」

當鄉老爲此雄辯時，其聲高抗，乃如天鼓張空，海濤上下爲之節奏。哈孟六則愈聽色愈慘白，額汗續續下，四肢震顫不止，時時吻其念珠。迨鄉老言竟，即擲其短銃，跪而進曰：「殿下恕我。殿下之言，不啻慈主。我過矣，我兄之過乃愈大，我願以自贖者，並贖我兄。幸殿下有以處之，揚帆惟命。」鄉老頷首曰：「我固赦汝也。」

第十三章

哈孟六固一至奇特之海軍人，以感戴鄉老故，乃更展其經驗，益以巧捷；於咄嗟中，自闢一繞道之海程。越嶕犯浪、狎弄邏人，歷三十六小時之艱苦，竟安然達海岸。

茲述其繞道之行程：蓋離曼磯後，不向法國海岸進行，而背趨瑞綦，繞出牛堤峽，北溯下流，入一無名之小灣中。少憩，然後回橈而南，設法潛越克倫維與虛水島之瞭台，乃冒險經聖迷仙海灣。是灣密邇康迦勒，法國中艦隊之椗泊港也。

第二日之下午一時許，舟過聖迷仙山，抵一無人之荒灘。灘沙至弱，踐之立陷，無敢由此登陸者，哈孟六乃利用之。幸其時晚潮適至，遂推小艇徐行灘上，以橈探沙，得堅實之地，遂舍艇而登陸。鄉老亦隨之而登，立艇畔。方四顧遙矚間，哈孟六曰：「此間乃關司農海口也。舷左爲蒲法，舷右爲淵斯納，矗立我前者，則爲亞達文鐘樓。」

鄉老於是側身向艇內，取少許之乾餅，納諸衣囊。顧哈孟六曰：「其餘汝取之。」哈孟六如言，以所餘之乾餅牛炙，儲一囊，負囊於肩問曰：「殿下，我導汝乎，抑隨汝乎？」鄉老曰：「兩者皆無需爾。」哈孟六愕然。鄉老曰：「汝勿詫，我曹宜分道。我常日登程，非率千人則當獨行，偶行非所宜也。」

鄉老語至此，忽於衣囊中出一綠色絲結，形似徽章，結之中央則繡一金綠之百合花。問哈孟六曰：「汝識字乎？」哈孟六搖首曰：「否。」曰：「甚善。識字之人，至不可用。汝記憶力佳乎？」曰：「至佳。」

曰：「祗此足矣。哈孟六汝聽之，汝行宜向左，我行宜向右，我趨扶晉，汝則往白沙舍。汝肩負囊，作鄉人狀；匿汝兵器，去汝金鈕，或徇行麥隴中，或隱垣後，遇衢要道則避之，渡水勿以橋，勿入彭都柔；然此去必經關司農海口，汝以何術渡此？」曰：「鳧行耳。」曰：「渡後當涉一淺灘。灘在何處，汝知之否？」曰：「在恩塞與費安維之間。」曰：「然，汝眞識途者。」曰：「敢問殿下夜宿何處？」曰：「我自能了，可無慮。汝何宿乎？」曰：「我未入海軍之先，本鄉人，苔洞中固絕妙臥榻也。」曰：「汝所戴之海軍帽，易招人目，宜投之，易以一笠。」曰：「雨帽乎？是固隨地有之，或即購之老漁。」曰：「汝盡識諸森林及諸地方乎？」曰：「識之。」曰：「悉知其名乎？」曰：「然。」曰：「每日能行若干里？」曰：「竭我力，能行二十里。」曰：「可矣。我今將命汝，汝其愼聽之。汝先當赴聖都朋林，在山谷中，有一大栗樹，汝見樹即駐足；其時必寂無一人。」曰：「是間實有人，我知之。」曰：「汝至是宜作一呼嘯聲，汝知爲此聲乎？」

哈孟六不答，回面向海，立鼓其頰，磔格作鴟鳴；人若於深夜聞之，必且申申詈爲不祥。鄉老乃大悅，即以手中所持之絲絲結授之曰：「此乃我之令符，今以付汝。此間尙無一人能知我名者，然有此絲結，不必舉我名矣。結上之百合花，乃王后手繡於王寺之囚樓者。」

哈孟六聞語，乃立屈其膝，高舉兩手受結，欲吻之，忽驚怖中止，仰覷鄉老曰：「我能爲是乎？」鄉老曰：「汝既吻十字架，曷爲不能吻此。」哈孟六遂俯吻百合花。鄉老呼之起，乃納絲結於懷，立鄉老前。鄉老曰：「我今授汝以號令，令詞曰：『速舉事，毋姑息！』汝在聖都朋林中，如法作呼嘯聲者三，汝當見一人，由地中出。」曰：「有一穴在樹下，我審悉之。」曰：「是人郎桓朗軒，人稱之爲王心者。汝即示以絲結，告以介詞，彼自能知之。汝乃循路而行，達亞士梯林，乃跋著麻士基登所居地也。是人至殘忍　汝告以我至愛慕之；且願用其猛烈之手段，以搖動各法區。然後汝至關司朋林，如前作鴟鳴，刁二先生將出穴見汝。是人固伯來曼之裁判官，長者也。汝語以速聯合荷二侯爵，起兵於關司朋林。汝入聖御蘭林，見顧恩，謂我目中所見之眞英雄，祇彼一人。汝至維瑞弗林。主是林者曰米蘭德，善用一種長梃，飛越於弓脊之危磧。」曰：「知之，是名飛梃，勃蘭峒唯一之武器也。」曰：「汝擅其技乎？」曰：「爲勃蘭峒人，無不擅之；飛梃固我曹之友也。藉其力足以擴我腕使大，縱我脛使長，我昔曾用之，以抗持刀之三關吏。」曰：「汝曾與國王戰乎？」曰：「我不知與孰戰，我曾爲私販，與戰者名榷鹽所。榷鹽所，甯卽國王之事耶？」曰：「然。顧是非爾宜知之急務，姑置之；且言爾家在勃蘭峒何處？」曰：「巴利尼。」曰：「然則汝知都爾基塔乎？」曰：「都爾基塔與巴利尼至近，乃我領主之邸第也。其建築式爲圓形，有新宮，有舊宮，中以大鐵門間之；鐵門堅實無倫，脫門閾，即轟以巨礮不能破；新宮中則庋藏聖巴德雷密名籍，爲世界之骨董。草地乃多蝦蟇，我兒時游戲之良伴也；地下有隧道，我亦習知之。」曰：「是何隧道？汝語我殊不解。」曰：「我聞昔者都爾基被圍時，邸內之人，得脫於外者，即由此隧道，以達林中。」曰：「否。隧道惟齊貝里宮希拿台宮與康卑翁塔有之。」曰：「殿下所列舉者，我皆不知；我所知者，惟都爾基塔耳。當羅恩先生戰爭時代，我父曾與守塔之役，深知秘密，乃舉以告我；故我能由林入塔，由塔入林　莫或阻之，且莫或見之也。」

鄉老不語久之，既而曰：「汝必誤，有則我安得不知。」哈孟六曰：「殿下執言無之，特未知塔中有一能旋之石耳。」曰：「汝等鄉愚，類作旋石鳴石等謬談惑人，我不之信。」曰：「顧我曾親旋之，此石……」

鄉老抗言曰：「是塔爲最固之狴犴，若汝言，因且盡逸。」哈孟六不服，將復置辯，鄉老止之曰：「毋爲此冗辯以失時，我命令尙未畢也。汝由羅瑞弗林至羊山林，見裴南狄，杜時之首領，仁人也。……」鄉老語至此，忽有所觸。曰：「我幾忘一要事，汝尙乏旅費。」語時，於衣囊中出金囊一，夾袋一，授哈孟六曰：「此夾袋中儲三千佛郎之亞星牙，雖似贋造，顧用之値乃逾眞。此金囊中則爲金路易百枚，汝宜愼守之。凡此皆我所有者，今盡以畀汝，我固無慮匱乏，且不願人窺見我旅囊之有儲藏也。汝持此金錢與紙幣，足以周歷各地矣。汝將見福羅德先生於恩德蘭，羅宜高先生於齊貝里，藩丹院長於諾理安，狄蒲奇先生於乖勃理森，刁奔先生於穆那；穆那者，一有堡之鎭市也。去此鎭市，汝將順道謁戴爾孟親王於康田宮。」哈孟六面呈蒨色，立去其帽，曰：「我乃能與親王語乎？」曰：「汝旣有此皇后手綳之百合花，當人人歡迎汝，甯止王乎？」

「尙有數處，爲山民村夫所結之秘密團，爲汝所必需往者，但宜以喬裝往：服藍衣，戴三角帽，佩三色徽章。共和黨人至忠，僅此爲其標幟，既無制服，又無編號，不難僞爲之，藉以通行各處。」

「汝乃先至巴奈營：其人皆黑面，善用射石之火鎗。次黑牛營，次斐德營，次富密營，汝皆告以令詞曰：『速舉事，毋姑息！』然後汝乃會合王黨及加特力教之大隊：若寶爾朋，若藍士渠，若勞宣若，各有名之首領，示以綠結之令符，彼等自能會我意也。哈孟六汝勉之，汝雖水手，然汝當念王黨有名之郟狄奴，亦一馭卒耳。汝瞽於識字，而不瞽於趨事，觀汝小艇之潛行，實不愧沉毅之陰謀家；既能導小艇於危海，獨不能導黨人於叢莽乎！我以此信汝決不負我之委任。汝爲我寄語諸首領：言我愛林戰，甚於野戰；利十萬鄉兵於藍黨礮彈之下，不如伏五十萬殺手於林中，而我爲之帥。譬之於獵：藍黨爲狐兔，而我張其網罟，爲勝必矣。且英吉利將遣兵助我，使藍騖兩面受敵，全歐諸國躡其後，不盡鋤革命種子不止也。汝解此意乎？」曰：「解此，宜悉置此革命種子於火與血之中。」曰：「汝愼之，此行蹈死乃至易。」曰：「死乎？是無與我事，儻有前途纔跬步，而即憂履之儆者。」曰：「汝眞壯士。」曰：「人若詢我以殿下姓名，宜何答？」曰：「我之姓名，此時尚不宜爲人所知，汝言不知可耳。」

曰：「我將復見殿下於何地？」曰：「我所居地。」曰：「我何從知之？」曰：「八日之中，我將爲王復仇，爲宗教雪恨，名譽必大彰於世界，當無人不知我所在地也。汝第勿忘我命汝之言，此爾職也。」曰：「謹受命，無敢忽。」曰：「我言盡，汝可行矣。往哉，天主當導汝！」曰：「殿下所命我者，我若行之而不辱命……」曰：「我將稱汝爲聖睿意之勇士。」曰：「脫我無功，則請殿下鎗斃我。」曰：「如爾兄。」

鄉老此時俯首若有所思。及再舉目，則僅留一人獨立沙岸，遙視哈孟六，殆如一點黑烟，漸遠漸小，沒於地平線上矣。

第十四章

鄉老立岸次，目送哈孟六向蒲法，直至不見蹤跡。乃返身嚴裹其外帔，徐步望淵斯納進行。

未幾，有一三角形之高塔，矗立於鄉老之後，是卽聖迷仙山顚之亞文達鐘樓也。在此鐘樓與淵斯納之中，其地有一沙丘，雖陵谷變遷，今日已難覓其遺迹，而當時則至高聳。丘之顚，樹一計里碑，爲十二世紀時宗教評議會所建築。人第登丘達碑次，文台全境無不歷歷在目，且可於此辨方向也。

鄉老行次沙丘，即奮步而登，直至丘顛計里碑旁。碑之四隅，各有界標。鄉老乃背碑而坐於界標之上，縱目四矚，似欲一審足下之地圖，以定所趨之道。顧暮靄蒼茫中，他無所睹，惟見十一村鎮之屋頂，鱗次櫛比，如烟如浪；各海岸之鐘樓，則類竹林新筍，排列雲表而已。

然鄉老仍奮其銳利之目光，與此暮色鬭戰；歷數分鐘後，其目光忽注一處，若有所得。蓋其地在叢樹中，微露屋脊，高垣繚之，顯然爲一莊院。此時鄉老爲狀至得，時時以手畫空，若預定其經途之標的者。方猶豫間，突見莊院之正屋上，有一物隨風搖漾，在黑暗中莫辨其形色。鄉老暗詫曰：「此何物耶？如爲風機，不應飄忽乃爾，豈旂耶？」鄉老欲下丘，一探其究竟。顧數日來憂疑勞瘁，捃集一身，不憩息時尚可，及一憩息，罷薾乃愈不可支拄。於是決意安坐界標，冀以暮天之靜趣，一洗伐其精神。

凡一日之中，惟垂暮之一晌爲最恬靜，況雲烟幽謐，林壑深沉，此種光景，尤足以蘇勞人之憔悴。鄉老方甯神領略間，忽有微風挾人聲，由丘麓來：其聲輕銳而嘈雜，凝聽之，則其中有婦人，有童子，漸向平原而去。先聞一婦人言曰：「佛蘭宣，我曹宜趨行，但我不識途，由此間往，誤否？」一婦人答曰：「否，宜由彼處。」兩人之音，乃一高一低。其音高者又曰：「此時所往之莊院爲何名？」低者答曰：「蘭朋莊。」曰：「距此尙遠乎？」曰：「在一刻鐘內當得達。」曰：「行晚發矣！不速行，將無及。」曰：「適在途間，果太淹滯矣。」曰：「在勢宜疾趨　第諸兒皆困頓，我兩人又不能兼負三童。佛蘭宣，汝懷中之饒善德，尤厭臂如垂鉛，惡能良於行，將累我以殘羹冷汁矣。」曰：「非兒我累，乃爾給之履繭我足，使不前。」曰：「何不跣爾足？」繼聞音低者呼曰：「若望速前！」音高者曰：「適間卽因彼遇村女，絮絮作情話，致稽我行程。」曰：「夫人失言矣，彼年不及五歲也。」

音高者忽問童子曰：「若望，汝曷爲與村女語？」童子答曰：「我與彼熟識也。」曰：「異哉，汝乃識此村女！」童子曰：「今晨渠獵飛蟲戲我，故識之。」音高者作笑聲曰：「聞汝言殊有味，我曹留此僅三日，汝體大如拳，已覓得一情婦耶？」鄉老聽至此，其人已漸行漸遠，語音啁啾不可辨矣。既而寂然。

第十五章

鄉老獨坐於萬籟無聲之高丘頂，暮色雖深，餘光尙耀，非如林野之完全爲昏夜也。然一規澹月，已湧東方，疏星錯落，恰如流螢之隱現滄波中，一種開曠之致，鄉老卽身萃百憂，亦當應境而釋。矧自離海登陸後，千災萬難，悉已脫離；自念孑身而來，既無人能知其名，卽冒險出走時，亦出敵人之不意，未嘗稍留迹兆於海上；此時心中泰然，不覺倦而思睡。

正朦朧間，忽有一事，立驅其睡魔，蹶然而起。其日光直射於地平線上；所射之處，則高梅雷海岸之鐘樓也。其地適當鄉老之前，辨之至晰；蓋實有一非常之現象，發見於鐘樓中。

凡勃蘭峒之鐘樓，皆三角形之塔。塔上有冠樓，樓與塔之中央，爲鐘匡。匡形方，平常日中，四隅皆洞開無障風；遇事撞鐘，鐘動，匡亦隨之而動，則四隅互爲啓閉；啓時見天而不見匡，色白；閉時見匡而不見天，色黑；人若於遠處望見鐘樓中，忽黑忽白者，卽爲撞鐘之確據。

此時鄉老望見高梅雷鐘樓之非常現象，卽其黑白之形，在一秒間，變易無量次，為狀至迅，乃大詫。更視其左方之巴尼鐘樓，其變易與高梅雷同。其右方之達尼鐘樓，其變易與巴尼亦同。不特此也，凡地平綫上所有之鐘樓：左則孤梯爾柏來塞克羅倫亞佛倫，右則關司履穆特蘭巴士，前則彭都桑海岸之鐘樓，其鐘匡無不忽啓忽閉，一白一黑，如有無數幻術師，演此奇景於圓蓋之下。

此現象果何為乎？其為警鐘無疑。夫擊警鐘何奇，惟擊之若是之狂乃奇；一處擊之何奇，惟處處擊之乃更奇。以狀卜之，此時各海岸各法區各村鎮，無不鋐噌鏜鞳矣。而鄉老則僅能望見之，耳中乃絕無所聞。

此或為當日之海風，向海而背陸，故無論聲之大小，悉驅而屏之地平綫之外。然惟其能見而不能聞，其可恐乃愈甚。鄉老愕視良久，且思且語曰：「各鐘樓果何事乎？警鐘為誰擊乎？」

第十六章

各地警鐘，既如是緊急，如是齊同，是必有一重要之人，被搜捕於文台境內矣。搜捕者果何人乎？鄉老縱鐵石人，至此亦不能無毛戴。然按諸事實，則又決無涉於己。何也？蓋己之來此，既非人意計所及，且爲時暫耳。

共和黨各地之代表委員，亦萬不及通其消息。克蘭穆艦又沉海中，無一人倖脫；且卽有之，舍白師培費安斐二人外，無人能識我姓名也。

鄉老隨觀察，隨推測，數分鐘後，忽豁然曰：「是必無與我事，既無一人知我之來，又無一人識我之名，何必自擾乃爾。」遂泰然復坐，不以爲意。甫坐定，忽聞身後有聲颯颯然，如風颭枯葉，旋轉於彼之顱頂。異之，乃返顧。忽見彼背倚之計里碑上，粘附白紙一方，形式似官中之告示。其上半爲風力所撼，已脫離碑面，颺空作聲。驗其下半粘附處，則膠痕獨濕，似置此未久者。

鄉老乃躍登所坐之界標，以手按告示之上半熨貼之，幸字迹頗大，得藉丘頂晚霞之餘光讀之。其文曰：

「國民代表委員歘爾蒲海岸監軍柏理安示。

「反對黨魁冷達男侯爵，即豐丹南子爵，自稱勃蘭峒王者，聞由克倫維海岸潛行登陸。我曹已議決，置之法律之外，以重金購其首級。如有人捕送者，不論生死，立付六千利佛爾之賞金。此項賞金，不用亞埕牙，悉用現金，決不相欺。現在歘爾蒲海岸全隊，已星夜出發，四面兜拿。一切人等，務望協同扶助，是爲至要。

「一千七百九十三年五月二號，克倫維府廳特示。

押　柏里安。」

在此押下，依稀尚有一押，及字迹數行；惟皆纖細若蠅蚋，幕靄蒼茫中，竟不能辨。鄉老讀畢，不發一語。乃立下其冠壓眉際，又匿下頦於外帔中，疾趨下丘。鄉老之意，蓋以丘頂至高，置身其上，行道者皆能望見之，在勢至危，不如避之爲佳。

旣下丘，近丘皆黑暗，鄉老乃雅步向前。覩其所向之處，卽在丘頂望見之莊院，曾以指劃其經途者，似此處有避險之安樂窩在。

維時途間荒寂無行人，鄉老忽隱身叢棘後，特軒其外帔，取短褐反服之，表裏於外；復以一繩圜繫帔之項際，儼然成一鄉人狀。裝束竟，乃取道復行。

行之一處，距丘已遠，爲兩道之岔口。四無所障，月色照人至朗；卽此月色中，忽見一石十字，巍然矗立道中。十字之下，承以石盤，盤側粘有白紙一方，與適所見之告示，形式正同。鄉老方欲逼視之，陡聞有人自後呼之曰：「汝何往乎？」鄉老急回首，則見一人倚杖立籬下。軀幹高大如己，年老而髮白如己，衣服襤褸亦如己；猝觀之，幾疑爲己之化身。其人見鄉老凝睇不答，乃復問曰：「我問汝何往？」鄉老岸然曰：「汝詢我何往，我當先詢汝我在何處？」其人曰：「此地名達尼，汝之領域，我爲乞兒，汝則主也。」鄉老愕然曰：「我爲領主乎？」其人曰：「然，汝爲冷達男侯爵先生。」

第十七章

我書屢書不一書之鄉老，至是忽爲籬下老人直揭其眞名。吾書從此亦當以冷達男侯爵呼之，不復言鄉老矣。

冷達男侯爵於不意中，被人直呼其久不掛口之姓名，意至駭怪。然容止仍矯爲安詳曰：「汝言然，請速捕我。」其人仍續前語曰：「我兩人境地至懸絕，汝居宮殿，我處荆棘。」侯爵不耐曰：「欲捕則捕耳，奚嘵嘵爲。」其人如不聞侯爵語，乃問曰：「汝非欲往闌朋莊乎？」侯爵曰：「然。」曰：「是不宜往。」曰：「何也？」曰：「有藍黨在。」曰：「藍黨以何時至？」曰：「已三日矣。」曰：「村莊中之居民，曾爲抵抗乎？」曰：「否，已投誠矣。」侯爵微露驚異狀，曰：「信乎？」

其人以手指遠處一樹巔高聳之屋脊曰：「侯爵先生，汝見此屋脊乎？」侯爵曰：「見之。」曰：「汝見其上之物乎？」曰：「非從風飄蕩者耶？

是旗也。」曰：「旂乃三色。」

是旂，侯爵已於丘頂望見之，顧辨之非晰，至是乃瞭然。侯爵又問曰：「此時各鐘樓，非鳴警鐘乎？」曰：「然。」曰：「爲誰鳴之？」曰：「爲汝無疑。」曰：「胡不聞聲？」曰：「風阻之耳。」既而問曰：「汝見告示乎？」曰：「見之。」曰：「人方大索汝。」語時目注莊院所在曰：「是間駐有軍隊。」曰：「共和軍乎？」曰：「巴黎民軍耳。」

侯爵稍前一步，作欲行狀。其人急掣其肘曰：「勿往，：：勿往：：。」侯爵曰：「然則汝意欲我何往？」曰：「往我家中。」侯爵瞠視其人不語。其人曰：「侯爵先生汝聽之，我家屋大如鳥巢，樹枝爲蓋，海藻爲牀，誠不足言美富。顧汝往莊院則飲彈，至我家則安眠；汝宜何擇。且汝亦倦矣，在此暫度一宵，明早藍黨或拔隊行，再往未爲晚也。」侯爵聞語，遲疑久之，乃問曰：「然則汝爲何黨，共和黨乎，王黨乎？」曰：「我貧夫也。」曰：「爾汝之意見，助王乎，抑仇王乎？」

曰：「我無暇及此。」曰：「汝乃助我，何也？」曰：「我見汝已在法律之外。法律何物，乃能屏人於外，我殊不了了。即以我論，亦法律內乎，抑在法律外乎，我竟不自知。豈餓死乃在法律之內耶？」曰：「汝以何時陷於餓鄉？」曰：「有生以來，未獲一飽。」曰：「汝今欲救我耶？」曰：「然。」曰：「救我何意？」曰：「我曩已言汝在法律之外，其貧更甚於我。我雖餓，尚有呼吸之權利，汝則併呼吸奪之。」曰：「如汝言，汝救我眞也。」曰：「然，殿下須知我曹今爲兄弟矣。我乞麵包，殿下乞生命，兩乞兒耳。」曰：「爾知我首之値鉅價乎？」曰：「知之。」曰：「何由知之？」曰：「我已讀告示矣。」曰：「汝能讀乎？」曰：「能讀且能書，我寧鄉愚。」曰：「汝旣能讀，又曾讀告示，汝當知有人捕送我者，獲六千利佛爾之賞金。」曰：「胡乃不知！」曰：「不用亞星牙。」

曰：「然，現金。」曰：「汝知六千利佛爾，乃一鉅富乎？」曰：「然。」曰：「如有人捕送我，即將得此鉅富，汝胡不思。」曰：「思之，且重思之，正以我思有人捕送是人將獲六千利佛爾成一鉅富，此我所以急欲匿之者也。」

其人言訖即行，侯爵隨之，相將入一叢莽深處，其人之家在焉。顧雖名爲家，實無一椽之屋。但見大欅樹一株，蟠根歷久，已空其心，上覆以交錯之蚪枝，其空心處，幽深而卑下，人匿其中，外人決不能見。其面積則僅容兩人。

其人至此，乃指謂侯爵曰：「是即我之家也。蓄我家中所儲，今夕尙足供客。」一時侯爵已遊目穴中，見其所陳設者，爲水瓶數事，床一，乃以乾藻及枯草舖地爲之，破被一，實以蘆花，其餘脂繩火鐮之屬，無不畢備。

兩人乃傴僂而入，乃共坐于海藻之床上。床面穴口，是口適在兩樹根之中央，有門之具體，光線由此而入。是時月色熹微，斜照穴中，隱約見暗隅，有水甕，有麵包，有煨芋，似預治晚餐以餉客者。其人曰：「我儕宜進食矣。」於是互分其煨芋，及大麵包，侯爵亦出其乾餅以報，相與大嚼。嚼既，各就甕而飲，旋飲旋談。侯爵乃先問曰：「凡此享用之物，若躉生涯，皆相同乎？」曰：「大都類是。惟爾曹貴人，乃別有享用耳。」曰：「惟似此享用，終屬……」其人不待詞畢，即曰：「此種享用乃至高尙。」侯爵又易其語曰：「較此更高尙者有之，則日之升沉也，月之盈朒也，爲我生平所最關心者。」言畢，狂吞甕水嚥之，曰：「美哉水也！殿下覺此水何如？」侯爵微頷其首。卽問曰：「汝有名乎？」曰：「我名戴麥客，人則呼我爲勾芒。」曰：「勾芒乃乞兒之異名，勃蘭峒土語也。」曰：「人孰願爲乞兒者，以是人亦稱我爲老人，然我年僅四十耳，人乃老之。」曰：「四十之年，乃正少壯。」曰：「我惡敢言少壯，殿下乃眞少壯耳。觀殿下之攀登高丘，健步如飛，直似二十許人，我則已蹣跚其步矣。行不及一里，即倦而思息。我與殿下年事同而精力不同，則以殿下爲富人，常日得食，食且珍饌也。」

戴麥客語至此，若有所感慨，默然者久之。既乃發言曰：「富也，貧也，乃至可恐之事也。貧者欲富，富者不欲貧，天下至悲慘至紛亂之境界，孰不由此兩意造成。我生平自信，決不以此擾其天懷，不右倚權者，亦不袒負債者，有債則還之可耳；故我寧願人之勿殺國王，第不能言其所以然。我爲此言時，人乃謂我曰：『汝倘夢夢乎？昔有富人無故縊人於樹顚，我則聞之；又有人槍斃王之囿鹿，立治死刑，置其家中一婦七兒於不顧，我則見之。』此等語，我不審其信否，然由是遂稱爲兩黨矣。」顧爲侯爵曰：「殿下當解之，我識則殊不及此。覺熙來攘往，各事所事，不如我笑傲星月之下樂也。」

戴麥答見侯爵垂首不語，又續言曰：「我爲醫生，善接骨，能辨各種草木之性以佐我術。，鄉人咸目我爲妖人。」侯爵曰：「汝爲土著乎？」曰：「我終身未踰此鄉一步。」曰：「汝識我乎？」曰：「識之。我猶憶二年前，汝由此赴英吉利，乃我末次見汝之日也。適間我閒望高丘，忽見一人軀幹偉岸，汝當知勃爾峒乃侏儒之鄉，偉人至罕。，況我已讀告示，亦竊疑之，及汝下丘，於月光中詳審之，乃果汝也。」曰：「然我乃不識汝。」曰：「汝見我如不見耳，我則視汝至審。凡道側之乞兒，其目光自不同。」曰：「我昔已遇汝乎？」曰：「常遇之，我既爲乞兒，常日乞食於汝邸第之道旁，受汝布施者，非一次矣。凡布施不垂盼，而受施者恆仰而挹其風采。我伸我手時，汝第見我手耳，不知我乃藉此布施獲一宵之飽臥，有時兩日不得食，一錢即生命也。我負汝生命，今乃償汝。」曰：「

汝救我生命，此言確也。」

戴麥客忽作嚴重態，高聲謂侯爵曰：「我誠救汝生命，然吾與汝有一約言。」侯爵曰：「何約？」曰：「毋爲惡於此間。」曰：「我來此乃爲善，寧有惡意乎？」曰：「甚善，我曹宜眠矣。」

兩人遂並臥海藻床上，未幾，戴麥客即睡熟；侯爵雖倦，然仍沉思不瞑。於黑影中端詳此乞兒所臥之床，不過號爲床耳，其實不啻臥地上。侯爵乃貼耳於地，隱隱聞地中有鳴動之聲，蓋即傳播之警鐘聲也；於此警鐘不斷之中，侯爵亦沉沉睡去。

第十八章

當冷達男侯爵醒時，天已大明，見戴麥客已離牀出立穴外，倚杖門次，初日融融，斜射其面。顧侯爵曰：「我聞達尼鐘樓，報四時矣，此間得聞鐘聲，足知風已易向。四天嚴靜，警鐘已止，蘭朋村及其莊院，皆悄無人聲，藍黨非酣睡，即遠颺矣。巨險已過，汝宜登程，我亦將去此。」遂遙指天涯曰：「我當適彼。」又指其對面曰：「汝則由此。」語竟，就侯爵行別禮。臨行，顧隔宿之餘糧，謂侯爵曰：「汝飢可取殘芋食之，我逝矣。」乃拄杖入林而去。

戴麥客行後，侯爵亦徐起出穴，依戴麥客所示之道而行。沿途曉景頗麗，林鳥羣噪，似各騰歡聲以送遠客。既經過昨來之小徑，穿出叢莽，仍至岔口石十字旁，則見粘附之告示，依然高揭石盤。侯爵忽憶此告示署押之下，尙有細字數行，爲夜來所未辨者，乃步近石盤觀之，果在柏理安押下，得而行之附注焉。文曰：

「反對黨魁冷遂男侯爵，宗旨不變，我誓必殺之。

署名　遠征軍總司令瞿文。」

侯爵讀竟，愕然曰：「瞿文耶？」目注告示不少移，忽作沉思狀，口中屢呼瞿文不止。既行矣，忽折回石十字旁，覆誦告示一次，然後徐徐離此而去。此時若有人躡其後者，尚能聞其一路呢喃，道瞿文不去口也。

離此岔口，遂入一窪道，道左有土阜，蘭朋莊之屋脊，適爲所阻，不復可見矣。侯爵乃依阜勢，蜿蜒而進。阜上草花怒放，蔓延直達阜尖，阜下則樹蒻扶疏，爲曉光所晃，一種天然姚冶之態，殊足令人目眩。

侯爵方欲藉此韶景，一舒其宵來之煩懣。不意一瞬間，林光花影，倏無所睹，僅聞一片呼嘯之聲，雷轟潮湧，彈煙四迸，溢於林表。一道沖霄之火光，由莊院所在噴礴而起，此戰火也。戰事匪遙，當在蘭朋左右，侯爵乃立駐其足。

夫人於行道之時，忽遇伏兵突出，孰不驚而思逸。惟侯爵則好奇之心勝於蹈險，雖來勢已劇，亦必欲一窮其究竟。遂由窪道中攀援而上，直抵阜尖。

侯爵既達阜尖，遙望下方，果見戰勢甚烈，火勢亦甚盛；而蘭朋莊適爲戰爭之中心。因念此果何爲，豈蘭朋莊被攻耶？然攻者誰乎？或藍黨之軍事處罰，差爲近之；蓋藍黨軍法，凡大軍所過之村莊，居民須將樹木及荊棘一律斬伐，以便騎兵通行無阻，違者以抵抗論：火其村莊，殲其居民，謂之軍事處罰，行之已屢屢矣。豈蘭朋莊亦被其罰乎？執行此罰者，豈卽駐於莊院之前騎隊乎？

侯爵所立之阜尖，乃一棘林：蝟枝虬幹，圍繞至密，土人稱爲蘭朋小林；所以得此名者，則以林境至廣，漸推漸遠，直至莊院始止。惟其中全屬深磧網徑，窪道迷途，民軍或一時無從發見耳。侯爵在阜尖觀察既久，正當欲下未下間，忽聞麼殺之聲由聚而散，漸行漸近，由莊院直投林棘而來。鼓聲隆隆，而槍聲則寂然；抑似戰事已畢，此來乃追逐而非對抗，搜捕而非屠殺，在勢顯然欲甘心於一人。且聞人人口中皆有所呼，呼聲高下不同，而所呼之音則同。侯爵靜聆之，則聞千聲萬聲，無不呼曰：「冷遂男！冷遂男侯爵！」所欲甘心者非他，蓋即彼也。

第十九章

俄頃間，阜之周陆，一帶棘林中，處處皆爲刀光槍影所充塞，寒耀栗人，一三色之革命旂搖颺日陰中。冷達男之呼聲方震於耳，而無數獰惡之人面已出現於柯陰葉罅間。

侯爵獨立阜尖，其地爲棘林之最高處，方彼望見諸人時，人亦無不望見之。一時萬千之視線，悉環繞其面，脫鎗聲一發，彼乃爲命中之鵠矣。

侯爵於此避無可避時，立去其冠，上軒其常日下垂之檐，囊中出一白色徽章，採棘端枯刺安插冠檐間，然後復置冠於首，使面目呈露，徽章高聳。乃號於衆曰：「我卽汝曹所欲得之人：冷達男侯爵，勃蘭峒王，法王禁衞軍之少將也。欲擊則擊耳，我無所避。」言時以兩手擘其表衣之短褐，袒其胸以待鎗彈之攻。甫垂目下視間，突見全林之人，如山崩牆圮，悉投於地。口中皆高呼曰：「冷達男萬歲！殿下萬歲！將軍萬歲！」卽時無遠無近，莫不擧刀揚帽，盡掬其崇拜之熱忱，仰面上瞻。侯爵經此變動，實爲夢想所不及，不敢遽下。乃熟察面前羅跪之人，則見其人皆冠氈笠，或褐羊皮帽，帽端各有白色徽章；身懸念珠及護符；股衣寬博而露膝，靍褐堇衤卞亦其兩足；所持械則槍刀鐮縺木棍之屬，無一不有；顏貌雖猛厲而目中時露靄然之光。諸人中有一美麗少年，此時忽起立，越諸跪者，疾步直趨侯爵立處。其人裝束如衆，第於短褐上圍一白絲之博帶，帶上懸一金柄劍為異耳。既達阜尖，乃免冠屈一膝跽侯爵前，立解其博帶金劍，奉侯爵曰：「我曹覓將軍久矣，不意乃於此間遇之；凡我有衆，今皆屬將軍矣。某不才，亦嘗披荆斬棘，以効前驅，敬獻此指揮之劍，請將軍出令。」言既，舉手一揮，即有一隊鄉人，手持一三色大旂，由林中飛越登阜，卓旂於侯爵足下。少年告侯爵曰：「是旂乃我軍於蘭册莊上，奪之藍黨之手者，我為軍中之司令，名賈法德，洛亞黎之侯爵也。」侯爵聞語，額手稱善。即受其劍帶繫腰間，拔劍揚空作口號曰：「起！」一時林内外之跽者，皆應聲而起，齊呼國王萬歲！冷達男萬歲！聲震林木，枝葉皆槭槭作異繆。侯爵於是率衆徐徐下丘，旋行旋問賈法德曰：「汝衆幾何？」賈法德曰：「七千。」曰：「何由知我之至？」曰：「鄉人薪胆以待將軍久矣。及共和黨之告示一宣布，羣知將軍之果來，各地王黨，無不蠢動；又有人自克倫維府廳潛逃至此告密者，於是夜間處處皆擊警鐘矣。」曰：「警鐘爲誰？」曰：「爲將軍。」

侯爵恍然曰：「警鐘乃助我，而非仇我也。」又曰：「汝衆七千，盡在是乎？」曰：「今日則然，明日將爲萬五千人，皆地方之土著也。且勞宣若先生，於一夕間，鳴鐘號召六法區之教兵，得萬人，亦響應矣。」曰：「汝曹已攻藍黨於蘭朋莊乎？」曰：「然，莊民已降藍黨，藍黨安據莊中，適風阻警鐘聲，未爲所聞，我曹乃於今晨，襲之睡夢中，遂唾手得之。」既又曰：「我有一馬，請將軍乘之。」隨命鄉兵牽一神駿之白駒至，鞍轡已具，侯爵乃一躍而登。賈法德至馬前行一軍禮，請曰：「將軍屯營何處乎？」曰：「當先至扶善林。」曰：「此乃將軍領域，七樹林之一也。」曰：「我曹今已成軍，須一軍中牧師。」曰：「有之。」曰：「牧師爲誰？」曰：「歐勃來聖堂之副牧師也。」曰：「我識之，彼昔曾遊歷瑞塞。」其時卽有一牧師出隊中，應聲曰：「然，曾至三次。」侯爵卽回首向牧師道晨安，且曰：「先生此去，當爲聖教增榮譽，俾瀕死之罪人，得俾其一息之懺悔；然不願者勿强也。」牧師曰：「我聞蓋士唐之在基曼奈，恆强共和黨以懺悔。」曰：「彼剃髮師胡知，其實人死宜自由。」

侯爵與牧師語時，賈法德方往部勒其軍隊，至是乃復至侯爵前曰：「鄉兵待發，惟將軍命。」侯爵曰：「吾儕今宜分道行，會於扶善林可耳。」又問曰：「汝不言蘭朋莊人已降藍黨乎？」曰：「然。」曰：「汝已焚其莊乎？」曰：「然。」曰：「焚其邨乎？」曰：「未也。」曰：「宜遂往焚之。」曰：「藍黨方守是村，然僅百五十人耳，焉能敵我七千。」曰：

「此藍纛爲誰？」曰：「桑坦爾之軍隊也。」曰：「當國王綏首時，擊大鼓於旁者，非此巴黎軍隊乎？」曰：「不知，僅見其旗端書赤幘隊三字耳。」曰：「卽此惡魔也。」曰：「此次受傷之敵兵作何處置？」曰：「畢其命。」曰：「囚虜若何？」曰：「鎗斃之。」曰：「有八十八之多。」曰：「悉鎗斃，毋仁慈。」曰：「倘有兩婦人。」曰：「亦然。」曰：「有三童。」曰：「收養之，我將留以有待焉。」言畢，遂策馬行。

第二十章

鐵麥客自與侯爵在達尼分路後，乃獨行入山谷深處，徘徊於濃陰密樹之下，忽行忽止。或採草芽食之，或掬飲流泉，或向陽曝其破衲。有時俯首，謂爲沉思，不如謂爲遐想；蓋沉思有目的，而遐想則無目的也。有時舉首，若聽遠處之人聲；其實非聽人聲，乃聽鳥啼耳。

彼年老而步遲，不能遠去；已自承于侯爵前，度此漫遊，當不出一里範圍；然迨其曳杖言歸，已在下午矣。歸途時，行經一高曠之林丘，其地可以遠眺，西極海濱，無一物障；乃此時忽於無障之中，有絕大之障眼物，則沖天之濃烟也。戴麥客乃大疑。

同一烟也；有平安者，有恐怖者：風定日斜，萬家爨畫，有如縷如絮，徐裊樹顚者，此炊烟也，平安者也；雲馳霧捲，四天慘澹，有如潮如浪，直逼霄漢者，此災烟也，恐怖者也。此時戴麥客所望見者，則爲恐怖而非平安。狀殆似一黑色之巨幕，籠罩於洪爐之上，爲天風所煽，直舉于蘭朋莊之周圍。

戴麥客乃疾趨，向此濃烟而進，雖喘乏亦不暇顧。有一高閣，適瞰莊院之背，乃躋其顛，急俯察之；不覺駭然；蓋平時之所謂蘭朋村莊者，此際已消滅於焦土烈炬中，絕無所睹矣。

人情遇火災，無不驚心動魄，而睹茅屋之災，其感覺更劇於宮觀；蓋宮觀僅驚恐而茅屋悲慘也。蚯蚓至可憐，更啄以巨鷹之利喙，其傷心爲何如？無怪戴麥客直視災區，狀若木雞矣。

顧此時災區中，乃至寂無一人號呼，并無一人喘息；所東響西應者，欂圮棟折之聲耳。赤熛怒煸，烟燄迷漫，有時烟幕忽裂，使陷頂之室，處處呈露，塤委其中之敝衣敗簏，悉變而爲火齊木難，布地作奇彩；傍屋有一栗樹園，火勢方延，時見赤舌睒睒伸縮於枝葉間。

蘭朋莊攖如此巨災，而村中竟不聞一人聲，見一人影，然則村民果何往乎？此非絕奇之事耶？戴麥客至此，遂不得不下閣，一窮其原委。甫抵莊門，即見莊院之園牆全圮，與平日繞莊之村市，已混而爲一。莊之廣庭中，隱約見有黑物積疊如阜，幸其時月升於東，耀火於西，得辨此積疊者爲人阜；顧謂爲人阜，猶非當，直屍阜耳。繞此屍阜皆巨潴，不藉火光之返照，自然作深紅色；諦視之，乃人血也。

戴麥客行近屍阜一一審察，見所有之屍皆橫臥，皆爲兵士，足皆赤，手皆無兵器，惟身則服藍色之制服，首則冠三色徽章之冠，此明明革命軍也。即昨夜駐宿于蘭朋莊者，何時爲人所攻，乃竟全殲其軍，無一獲全。且遍驗各屍，又無一不貫彈而死，然攻者今何在耶？豈匆匆殺之，即匆匆去之，無暇瘞埋耶？

戴麥客方臆度間，一回顧，忽睹院牆之最低處有四人足，橫懸牆角，其足皆有履，第較他人纖細；及逼視之，實爲兩婦人並臥其上，皆中彈矣。一婦人衣軍服，腰懸擊破之空酒筒，從軍之女酒保也，首洞四彈死矣。其一婦則狀似村婦，時雖緊閉其目，然顱際無傷痕。衣固襤褸，幾袒其胸。戴麥客徐啓其破縫觀之，則一圓形之彈傷 適在肩上，鎖骨已斷；且見其乳柄作淡白色。戴麥客微語曰：「此乳母也。」以手按之，體尚非氷，心房猶躍躍動，固未死耳。戴麥客即起立狂呼曰：「此間寧無一人耶？」忽聞空中有至低之音曰：「勾芒，是汝耶？」即見一人首由破屋洞中出，旋由對面之敗壁中，亦露一人面，蓋兩鄉人也。當禍作時，彼等以藏匿獨免。此時審爲戴麥客之聲，乃敢坦然出現，然肢體尚發顫不止。

戴麥客在此悲慘中雖能狂呼，然見兩鄉人來，僅以手指身畔之臥婦，不能發一語。一人曰：「彼尚生乎？」戴麥客略頷其首。一人曰：「尚有一婦生乎？」戴麥客搖首者再。一人悲呼曰：「天乎！此間人非盡殲乎？我在土窟中，因恐略之。敬謝天主，我亦從此無家矣。人焚我屋而亦我族，慘哉！」言時指臥婦曰：「此婦有三兒皆稚，我在窟中，聞兒呼母，母亦呼兒，淒楚至不忍聞；人乃殺其母而掠其兒，遂飄然遠颺矣。此時彼果未死乎？勾芒汝速告我，豈汝力能救之，欲我助汝荷舁牀耶？」戴麥客又頷其首。

蘭朋莊距林至近，彼等乃截取枝葉及野蕨，咄嗟中搆成一舁牀，臥婦於上，兩鄉人荷之；一舉首，一持足，戴麥客則支起其膊，時時診其脈搏，穿小徑而行。

維時一輪皓月適射此婦漬血之面，閃閃作碧色。兩鄉人則且行且作慘呼。一人曰：「全殺矣。」一人曰：「全焚矣。」曰：「噫，天主！果孰使我至於此極耶？」曰：「一老貴人欲之，可奈何？」曰：「然。我知之：此乃彼之命令。」曰：「當屠殺時我未見之，彼果在此乎？」曰：「否，彼已先行，然凡此皆遵彼之命令而行。」曰：「然則不啻彼自爲之。」曰：「我聞彼臨行之命令曰殺！曰焚！勿仁慈！」曰：「彼乃一侯爵也。」

曰：「且爲我曹之領主。」曰：「彼何名？」曰：「即冷達男先生。」戴麥客聞冷達男名，忽仰面視上，作微吁曰：「我寧知有今日耶！」

卷二

卷二

第一章

吾書今將述巴黎矣。巴黎自路易十六處死刑後，國民驟脫耑制之軛，其熱狂之狀大類驕子離抱，猛獸出柙，一縱不可復羈。人人以公衆爲家，有衣衣公衆，有食食公衆。男子則號於衆曰：「吾曹甯忍須臾，行見革命之成。」女子則竊竊相語曰：「赤幘之下益顯我儕之美麗。」日耳曼兵，臨國門矣。風鶴紛傳，謂普魯士王，旦夕將幸王家戲園觀劇，此種流言，何等可驚可怖，然竟無一人驚怖，但見熙來攘往，人人作忙迫狀。聖堂之陛下，婦人羣聚縫軍衣，且縫且歌馬塞伊斯。（法國革命歌。）各衢衢皆設製兵廠，日夜工作，造槍械於萬目共睹之地；每一械成，則行人拍掌歡呼以賀之。聖若克街，有一羣工人，方跣足敷道石，見貨郎之販履者，羣尼之，釀資購十五雙，送國約議會，以助軍裝。市中巨肆結罕，然骨董攤則日增月殖，所紛然羅列者，大都爲王冕僧帽，金色之木笏，百合花之組物，爭相購致，歸以飾犬項或爲馬衣。孟沙散步場，爲演武廳矣；列森波園林，爲戍衛所矣；蹄蘭里宮，爲屯田處矣。各處名賢及諸王之石像，皆毀滅無餘；而家家所絲繡而瓣祝者，則爲福蘭克林 爲羅梭，爲白理狄，又益之以馬拉。曾於格魯街，見一家窗次，懸一馬拉之半身象，圍以繡檀，護以琉璃，而馬拉自署其餘白曰：『嗜血之馬拉』。王宮噴泉之上支一彩色之畫幔，幔上繪路易十六在法蘭納謀出奔，爲國人獲歸狀：王仍御寶輦，但輦下承以繩纏之板，兩兵士荷槍負之以行。行人過幔下者，相與指點而嘲笑之。是時王位既傾，平日攀龍附鳳之貴族，至是大都流竄死亡，卽偶有留者，亦蟄伏不敢現形。某縫裙婦，糿譏於道周之板屋中者，爲一伯爵夫人。某女裁縫，倚門攬顧客，有識之者知爲某侯之命婦。有名之波佛蘭夫人，舍其邸第不居而隱於馬廐。沿門賣唱，藉愛國歌以博市人之喝采者，則舊日伶官畢佗也。政體改革，一切事物，亦無不改革：舊日呼男爲壯士者，今則稱公民矣。呼婦爲夫人者，今則稱爲女公民矣。李虛留街，改爲法律街。聖恩都市，改爲榮光市。毀天主像，別立巍大之三石像於巴士的獄之舊址，上尊號曰天理。人人皆服藍衣，冠赤幘，幘端則飾以寶石之鍼，紅白藍三色咸備，號自由冠。百業俱廢，而葉子戲獨盛行于時。十字街之界標，且爲公衆聚博之地。其名稱亦一律更新：代王以才能，代后以自由，代將軍以平等，代一點以法律。廢舊歷，用羅瑪所造之共和歷，易耶穌紀元爲共和紀元。改定十二月之名，曰穡月，露月，霜月，霧月，雨月，風月，芽月，花月，牧月，禾月，熱月，菓月。以舊刑律爲不善，頒行杜哀新造律，史家所謂嫌疑律者是也。其律繁密無倫，自此律行而人人顱頂皆戴一無形之斷頭機矣。今日殺十人，明日殺百人，幾以殺人爲改革中惟一之要政。伶官畢佗，以歌詞諷刺，被拘於革命裁判所，行坐斬刑矣。畢佗乃呼曰：「我本無罪，有首乃我罪也。」審官赧而釋之。山崙院長，晨方服褻衣倚樓撫遂，而夕已繯首刑場矣。貴族死爵，巨商死富，僧侶死教。著名之市街，如沙德蘭尼哥拉底田等，每日囚車之赴斷頭台者，絡繹不絕。每一車來，則市人咸高呼曰：「若曹又赴紅彌撒矣。」畫師鮑時，令其十三齡之嬌女，服赤色之衷衣而袒其肩，命名曰斷脰妝，人爭效之。是時巴黎全市，殆爲殺氣所彌綸，生計垂絕，麵包缺乏，石炭缺乏，肉食亦無不缺乏。山羊每斤值十五佛郎，食牛則由府廳出一告示，定每人每旬准食牛肉一斤，逾此者論罪。薪一巨束，價四百佛郎，入寗鋸脒木代之。嚴冬時，噴泉凝凍，一盂之水，爲値乃二十沙。（法國輔幣名。）人人爭作擔水夫矣。街車一往復，索資六百佛郎，人以爲廉，若賃全日，則費更不貲。曾聞一乘客謂御者曰：「我負汝車資幾何？」御者答曰：「六千利佛。」一柴草商每日收柴價，達二萬佛郎以外。物價翔貴至是，政治暴亂至是，外患內憂交訌疊乘至是，而一般熱狂演說家，絕不以爲意，猶日驅一種有輪機之演台，巡歷巴黎街市，發爲憤詞激論以作國民之氣。此種演說家，在當時頗夥，而其中有傑出之一人，爲國民所最歡迎而又屬吾書之重要人物者，則曰薛慕丹。

第二章

薛慕丹，牧師也。貧困時曾爲某村小教正，嗣受一巨室之聘，爲私家教師。迨中年以後，忽襲得小小遺產，遂居然爲自由人矣。其爲人懇恪耑一，第性褊陰沉，所蘊道德未嘗不盎盎滿懷，而爲色黝然，比於天象，殆爲黑夜中之星光。爲學好覃思，不爲古今成說所囿，一以己意研鑽之，不達底蘊不止。當其達一新境界，則立改其舊思想，屢遂屢改，不覺衝破宗教之網，而闖哲學之樊。

薛慕丹非眞心奉教，顧以身爲牧師久，不能改業，乃卽利用牧師之淸淨，以自豐其學。人絕其家族，彼乃卵育一宗國；人禁其娶妻，彼遂愛戀一人類。彼之父母，本鄉人，令爲牧師，欲其出乎平民也；而彼乃既出平民外，復返平民中，對於平民之受痛苦者，抱非常之隱恨，名雖牧師，實已成爲哲學家矣；且爲激烈之哲學家矣。當路易十五時代，已隱然具共和思想。

彼嘗屣除一切愛根，而悉置之於恨：浮俗可恨，君權可恨，神權可恨，返顧己身，被牧師之服益可恨；覺現在之世界，不當名世界，當名恨窟。所日夕呼籲而求其速現者，意象中璀璨之未來也。顧此璀璨之未來，必先有恐怖之境界爲之開幕，爲人類雪曠古之仇者乃能爲人類造永安之業，彼已逆知之，瞥見之，默待其機之成熟也久矣。

人謂牧師之生涯，較他人爲易老，年復一年，薛慕丹已行年四十矣。顧其年齒增長，而思想中蘊釀之時機，亦隨之而發育。馴至千七百八十九年，彼所默待之恐怖境界，逐年發現。是年七月十四日，巴士的獄之攻破，爲平民苛刑之末日；九十年五月十九日，廢十一稅及各種特權，爲封建之末日；九十一年，法蘭納之役，（路易十六謀出奔至法蘭納爲民黨所獲。）爲王權之末日；九十二年九月二十一日，國約議會成立，於是共和之新產兒，遂踐祚而臨法國矣。

魚非水不能樂，人非空氣不能生存，薛慕丹非恐怕不能安身而適志。革命之初起，彼猶惴惴焉恐其不成就，及其漸得勢力，又竊竊然懼其無結果。默觀靜察，直至九十三年，彼乃曰：「可矣。」遂躍然而起。

九十三年，爲何時代乎？歐羅巴之聯軍，以全力攻法蘭西而敗於法蘭西；法蘭西之王黨，以全力攻巴黎而敗於巴黎；是各世紀中最恐怖之時代也。

九十三年爲颶風，而薛慕丹則似颶風中之海鷹。鎮定其內而冒險其外，能翀舉，能搏噬，平時雌伏，若無所能，一屆天愁地慘之際，萬類震讋，而彼獨頭角嶄然，睥睨於太空之表。

薛慕丹之賦性如是，宜若偏於殘忍而非仁慈矣；殊不知彼之殘忍，正從仁慈之極端發生。其對於一般無告之人類，所以嫗煦而拯拔之者，往往爲人所不能爲。一日者，在旅舍中，遇一病人，患巨瘍，膿血蘊隆，墳起如懸壺，不治將扼喉死，他人厭其惡臭而傳染也，皆避而莫之顧；薛慕丹獨惻然匿就之，以口吮其瘡口，旋吮旋吐，盡吸其膿血而止。是時薛慕丹尙爲牧師，人謂之曰：「子若爲國王吮之，大僧正不足爲矣。」薛慕丹曰：「我寧死不爲國王吮也。」此言一傳播，而薛慕丹之聲譽，遂鵲起於巴黎慘社會之中。

維時巴黎民情憤激，尤飲恨於壟斷之巨商，往往以剽刦爲雪恨地，官吏無術禁止之，惟薛慕丹獨得此等人之信服。彼出一言，重於介中。曾於聖尼哥拉海口，見盜刦一石瞼船，彼乃叱止之；又於聖拉散關，見羣無賴尼一貨車，彼立驅散之。

薛慕丹以偏宕之行，感召此憤激之民，隱然具一種偉大之魔力，使人樂爲之死。八月十日，王宮既破之後，薛慕丹創議毀諸法王銅象，百姓踴躍從之惟恐後。芬陀瑪宮，有路易十四像，巍然立百年矣；一婦人名紫后者，繫繩於項力曳之，象顛爲齏粉而紫后亦成肉糜。康哥德宮，有路易十五像，一男子名蓋葛祿者，椎碎之，蓋葛祿亦壓斃於象臺之下。是象之碎銅，當時悉用以鑄錢，獨留一肘，薛慕丹乞諸百姓，以贈賴底德。賴底德者，巴士的獄之囚人也。當路易十五時代，賴底德項枷而腹鎖，沉埋獄中者垂三十年。其入獄時，路易十五署囚籍旣，指己象謂之曰：「此象顛時，汝乃出獄。」今其言果驗。薛慕丹以爲是肘曾囚賴底德，賴底德旣脫囚，則是肘宜永囚於賴底德之手，報復之公理應爾，故求而歸之。

薛慕丹之爲人，謂爲無所不知可，謂爲一無所知亦可。蓋其無所不知者學問，而一無所知者生活也。夫人至不知生活爲何事，則不自覺其日趨於慘酷之途。彼常日瞠其兩目，然其視線，則恆爲直線而不能旁瞬。大類弩箭離弦，僅知赴的，的以外，皆瞽矣。薛慕丹之的非他，恐怖之革命是也。

薛慕丹所抱持之革命主意，實爲極端之革命主意。當時革命黨之重要機關：曰國約議會，曰府廳；薛慕丹則既不入議會爲議員，亦不入府廳爲理事，而彼所組織而維持者，則曰寺會。

寺會者，以結社性質論之，殊不足稱會，直一平民之聚歡所耳。以其場所在大僧正之本寺中，故稱爲寺會。會中人物，大抵類府廳；惟府廳限於巴黎市民，而寺會則五方雜處，無奇不有；凡販夫，賤豎，囚徒，警吏，苟其改革之熱心達於沸點者，一切羅致之。巴黎爲平民之百沸鍋，而寺會則平民之噴火山也。以寺會較府廳，府廳僅爲微溫，若國約議會，則寒氷冱雪矣。

寺會耑以攻擊反對黨爲天職，其殘暴恣睢，爲當時各機關之冠。自薛慕丹執是會之牛耳，權力乃益伸張。巴黎人常以巨砲擬府廳，而比寺會於警鐘，蓋府廳爲監督國約議會之機關，而寺會又爲監督府廳之機關。薛慕丹得此憑藉，遂盡搨其平日嚴峻孤僻之理想，一一見諸實行。其潛勢力之所及，直使羅伯斯比斂手，而馬拉寒心。

薛慕丹爲狀至冷酷，而常含怒容，額寬博，目光奕然而不潤澤，眶中若從不蓄滴淚者，髮微灰而禿，遙望之儼然老人。發語至簡，然音節凜然，能令聞者震慴。衣無常式，但非襤褸不服，蓋欲以己身示貧民之標本爾。

薛慕丹之學問行詣如是，實足爲恐怖時代之主動家，而今日談者已無復知其姓氏矣。我述薛慕丹，我歎從來歷史中，埋沒無名之偉人，固無量數也。

第三章

凡屬人類，莫不有愛情，薛慕丹雖負瑰異之質，然固圓其顱，方其趾，有靈魂，有意識，儼然人相也。旣嘗以情愛公諸人類，寧無私愛鍾於一人。

薛慕丹所私愛者伊何？卽彼爲敎師時所敎育之學生也。學生系出貴冑，其貴殆與王族埒，薛慕丹平生仇視貴族，而獨恕此學生，蓋恕其童稚也。以性眞之純潔，恕其種族之罪惡；以體魄之弱小，恕其階級之崇高。人類嬌麗之曉光，往往能攝取不可思議之愛戀，其魔力或勝於少艾。薛慕丹以孤冷之性，戰勝羣魔，而獨不能勝此學生。其愛之也，無所不用其肫摯，卽謂此學生爲其克家之肖子，於事亦無迕，第非肉體之遺傳，而爲智識之胎兒耳。彼嘗乘其家人之不備，悉傾其平生之學問思想，注射於學生之血管中；而恐怖之毒質，亦隨之而入，於是貴族之腦部，遂盤踞一平民之靈魂矣。

敎師，乳母也；思想，乳汁也。敎師之以思想輸學生，無異於乳母之以乳汁哺嬰兒，故往往學生之似敎師，勝於其似父；猶之嬰兒之肖乳母，必甚於其肖母也。

况薛慕丹之學生，本爲無父母之孤兒；襁褓時，鞠於瞽目之大母。大母歿，家中親屬，僅有一叔祖父。然其人爲當時之名諸侯，以善戰有寵於王，常日供職非色野宮，未嘗一之國；獨遺此孤兒於荒寂之舊邸中，俾薛慕丹得乘此時機，主宰之，構造之，蓋雖師而實父之矣。

此學生兒時，嘗患病而篤，薛慕丹以一身兼保母醫師，日夜將護而調治之，卒拯其垂絕之微命；是薛慕丹之於此學生，不特以學問思想改造其靈魂，且以心力再造其生命也。夫生命既爲所手造，其愛之也固宜。

無何，學生漸達成年，教育之事已畢，其家循例解教師之任。薛慕丹不得已，遂捨此可愛之學生而去。揮手一朝，雲泥頓判，一則憑席門業，出門一步，遽綰上將之符；一則飄落天涯，削迹自甘，返我山僧之服。貴賤之交界間，有不可破之高垣隔閡之；從此薛慕丹之眼中，不復映此學生之影矣。

及革命事起，薛慕丹已犧牲一切，從事於救國；而獨此學生，獨此孤兒，則永永貯於恐怖之腦海中，未嘗一日忘之。

第四章

巴黎巴翁街有一酒肆，當時所稱爲珈琲館者。館中有一複室，爲歷史上著名之記念地。其地居館之後方，幽邃便於密語，黨人有重要事發生，往往密議於此。其前有關係者，則爲九十二年山岳黨與吉龍特黨兩黨之媾和，即以此室爲之壇坫。然此皆已往事也，今茲所述者，則爲九十三年六月二十八日之事。

是日下午，當日落時，此複室中，忽來三人，圍坐室中之案上。案之四隅，各設一坐，三人各據其一，而獨虛其第四坐。其時門外晚光猶朗，而室中則昏黑如夜，羃板上懸一古式之燈，燈光下照案上熊熊然。

於燈光中，辨此三人之狀貌至晰：其第一人乃一少年，面作蒼白色，薄唇而銳目，意態凜然，而部有至翾之拘攣筋，常日束其兩頤不使開口而笑；傅粉膏髮，手套及鈕飾皆整飭，藍衣鮮麗，通體不作一折疊痕；股衣爲紅棉布所製，襪則白色，履端繫以銀環，光閃閃如明星。其二人，一人軀幹偉岸，一人乃侏儒。偉岸者，劍眉電目，厚唇巨齒，滿面痘斑歷落，兩手巉獷如耕夫；衣紫褐，領巾不結，鈕亦脫落殆半；顱頂則髮蓬蓬蝟立，不復成鬘形，僅留鬘之殘址。侏儒者，則狀尤醜怪，面慘白，遙望之，幾疑其皮膜外，蒙以亞鉛，口巨無倫，兩目睒睒如火齊；帕裹髮而露其額，衣連足褌，胴衣則白色；胴衣上，有一墳起之摺紋，形直而堅，不問而知其懷中挾有匕首焉。

其第一人名羅伯士比，第二名丹頓，第三名馬拉。三人皆恐怖時代之主動者，此時乃共聚複室中之案上。在丹頓前置玻璃杯一，酒瓶一。馬拉前置珈琲杯一。惟羅伯士比前，則置數葉之紙，紙旁有毛筆，有墨壺，紙上乃鎮一銅璽，璽紐雕鏤作宮堡狀，乃巴士的獄之雛形也。法蘭西之地圖則陳列案之中央。

複室之門外，馬拉令其黨員羅倫白士守之。羅倫白士爲民友報館之校守人，（民友報爲馬拉之機關報。）效忠於馬拉，出入必隨，當時號爲馬拉之守狗者。是夜令其守門，且命之曰：「凡非國約議會府廳寺會三機關部之人員，不得令一人擅入。」維時羣籟俱寂，燈光熠然，數葉之紙，已展列案上，羅伯士比且讀且語，丹頓馬拉亦相繼發言，於是聲浪嘈雜，達於戶外，三人之爭辨起矣。

第五章

丹頓躍然離坐曰：「爾等亦知今日有一急務乎？即共和前途陷於至危極險之地位也。我今一切皆不之計，苟得一術焉，能脫我法國於讎敵之手我寧死爲之。我之性質類牝獅，所遇之境愈恐怖，而搏噬之志亦愈猛鷙，苟且粉飾之計，皆無所用之。我曹之愚當如象，以一足拚鼠穴，而遽儼然自大乎？蓋非盡殲仇敵不止也。羅伯士比靄然答曰：「汝論至當。但今日所當研究之問題，即先定仇敵之究在何處。」丹頓曰：「在外，我驅逐之。」羅伯士比曰：「在內，我監守之。」丹頓曰：「我亦將驅逐之。」羅伯士比曰：「內仇不可驅。」曰：「然則奈何？」曰：「殲滅之耳。」曰：「我意亦然。但今日之仇敵乃在外，乃在邊境。」曰：「不然，我謂乃在內，乃在文臺。」

斯時忽有第三人抗言曰：「毋譁，汝等皆誤也，仇敵實處處有之。」抗言者，蓋即馬拉。羅伯士比聞語，顧之曰：「吾曹且勿以口舌相尙，觀此足知我言之非無據矣。」言時以手指案上所列之紙。馬拉嗤以鼻曰：「豎儒！豎儒！」羅伯士比不顧，仍續言曰：「此爲歇爾蒲海岸監軍柏理安之告變書。其書中所述者，爲秘密黨員卑倫伯之報告。依此報告論之，則今日之大患，誠在內而不在外。外患不過肘腋之微傷，而內亂則心腹之疾也。丹頓，汝知告變書爲何語乎？文臺散布之各叛黨，自今以後，將統一而屬於一大甲必丹之部下。其大甲必丹爲誰？卽六月初二日在彭都桑左近登陸之人也。文臺潛伏之林兵，蔓延本廣，得一人焉，發蹤而指示之，勢已莫禦；矧有英吉利之侵入隨其後耶？汝不憶我曹搜獲王黨皮叟之密書乎？言以二萬之紅衣兵，分配於林兵中，立可得十萬人；當林兵四方響應之時，英兵卽長驅入矣。此間有法國地圖，我爲汝指陳其大勢。」

羅伯士比旋言旋以手指地圖曰：「自刪嘉勒至貝堡各海岸，皆足爲英兵登陸之地點；而聖勃里克及聖喀斯德兩海灣，尤爲敵人所注目。且羅爾河左岸，恩襄尼以北，直達彭都桑，二十八哩之對徑中，包有腦門豆四十之法區，皆爲文臺叛軍所據。英兵一日登岸，此四十之法區，必同時援應之。我度英兵登陸後，必先取柏蘭靈伊斐尼柏蘭諾三城，然後由柏蘭靈至聖勃里克城，由柏蘭諾至倫巴爾府，第二日即可達狄南矣。狄南既下，則聖舒杭聖曼恩必隨之而下。第三日，英人可分兵爲二隊，一隊由聖舒杭趨培丹，一隊由狄南趨培歇來。培歇來者，天然之堡塹也；敵人得之，將築砲台以攻我。至第四日，欒納不可保矣。欒納爲勃蘭峒之鎖鑰，欒納失守，沙都納聖瑪羅無獨完之理；且欒納城中，有遠征隊之巨砲四十尊，藥彈百萬顆。……」

丹頓聽至此，瞿然曰：「彼將據而有之，」羅伯士比曰：「然。彼既至欒納，勢必分三路進攻：南襲扶善，北略勒塘，正東取費德雷。扶善既得，則亞佛倫探囊而取矣；勒塘既據，則恩襄尼不刃而定矣；費德雷既入，則剌佛爾隨風而靡矣。勒塘通道於斐倫，扶善通道於腦門豆，費德雷通道於巴黎；不半月間，彼將挾百萬之叛兵，全力逼我，勃蘭峒之野人，一躍而登佛蘭西之王位矣。」

丹頓曰：「我寧稱爲英吉利之王。」羅伯士比曰：「否，佛蘭西王也。然惟其爲法蘭西王，我尤惡之。吾曹之計畫，不特宜於半月之中盡逐外人，且宜於千八百年中盡鏟天下之君主。」

丹頓不語歸坐，以肱承首作沉思狀。羅伯士比復曰：「汝覩費德雷將爲英人通道於巴黎，其危險爲何如？」丹頓忽舉首，以其麤獷之手狂擊地圖曰：「若汝言，豈威爾登不爲普魯士通道於巴黎耶？我逐普魯士後，不懼不逐英人。」言時即起立，狀至憤懣。羅伯士比按其手曰：「汝且少安視地圖，毋徒飽以老拳。須知商巴尼人不助普魯士，而勃蘭峒人則助英吉利；失威爾登不過爲外患，失費德雷則內亂也，兩者利害至不同。」

丹頓曰：「禍患在東，而汝必以爲在西，我且不與汝辯。汝言英吉利將起於大西洋，汝寧不知西班牙窺伺於比蘭奈，意大利覬覦於阿勒伯，日耳曼既逐於萊因乎？危險如一大圖，而我居圖之中央，外有聯軍，內有叛將，南方則山爾文，（名若瑟茀，九十二年為陸軍大臣。）通款於西班牙；北部則竇慕連；（革命時代拒聯軍之名將。）助餉於敵國。瑞麥樊密兩次劇戰後，兵額殘缺，每大隊往往不及四百人；甚服脫城之屯糧，所儲僅五百斛。荷蘭培雖驍勇，為奧將斐木賽所窘，已退兵至猥台；守麥野納之滿尼，守樊朗西之商山爾，守康台之費魯特，皆健將也，而今死者死，敗者敗矣。靡倫丹叛於曼士達黎，樊朗士叛於勃來達；其餘如史登喜，如蘭那，如李高尼之屬，懷貳心者，踵相接也；即瞿斯丁之退軍，我亦疑之。夫我軍日益退，而伯倫斯威克之軍（普之大將率同盟軍。）日益進，法蘭西之城市，行見處處卓日耳曼之國旗；脫吾曹不汲汲自救，則法蘭西之革命，將不為巴黎為柏靈矣。即殺法王，非利國民，利普魯士王耳！」

丹頓語畢作狂笑，羅伯士比默然，馬拉則仰面微哂曰：「嘻！汝兩人殆如小兒爭餅，各擇其一，丹頓則擇普魯士，羅伯士比則擇文臺。我今亦欲有所擇矣，我謂汝曹所擇，皆未睹眞危險耳，眞危險乃在巴黎。」

馬拉之微哂，力足制丹頓之狂笑。馬拉哂未畢，丹頓遽斂笑爲怒曰：「汝嘲我耶？」馬拉立顧其兩頰曰：「丹頓國民，汝以我爲嘲汝耶？汝在國約議會，呼我爲賤民馬拉，我倘恕汝，汝至今倘未識我爲何如人耶？議長畢西雄之罪，告發者我也。苟森之罪，告發者我也。倘松那之罪，告發者亦我也。他如皮龍公爵，狄慕連將軍諸人之逆迹，大半爲我所刺探，寧有一次誤耶？我善偵叛徒，能獲罪人於犯罪之先，汝曹所欲遲至明日言者，我常發之於前日。質言之，我乃議會中刑法草案之起草人也。我捕繫無數流亡之貴族，我拘留可疑之地方代表，我懸賞以購奧倫公之首，我撤伊士那之坐位；凡此皆足致黨員嫉視，議會側目，故或欲驅逐我，或欲捕逮我，或欲以革囊蒙我口，或且於議會中，宣告我爲瘋人。丹頓，汝曹胡爲令我與此秘密會議乎？非以我有意見耶？若我則固不願與若曹叛徒伍也。今姑盡我忠告以導汝，汝與羅伯士比，皆不知政治二字爲何字，一目覩倫敦，一手指柏靈，齦齦不已，其實皆誤也。今日危險之大者莫如巴黎，莫如巴黎各黨之傾軋不已，各爭權利以便私圖，而其禍實由汝等二八狗彘不食之智識無政府之政策造成之。」

丹頓怒曰：「無政府耶！造之者非汝而誰？」馬拉如不聞，仍抗言曰：「羅伯士比，丹頓，汝等聽之！危險乃在各珈琲館，各俱樂部。約瑟爾珈琲館爲都可彬，（當時革命黨之俱樂部，羅伯士比激烈派所組織。）巴丹珈琲館爲保王黨，倫丹珈琲館欲攻護國兵，聖瑪丹珈琲館則擁衞之，婁純珈琲館反對勃黎蘇，（吉龍特黨之首領。）高拉珈琲館則崇拜之。各俱樂部，如那爾弗來特力恩巴宣等，皆人樹一幟，勢不相下。汝羅伯士比之都可彬俱樂部，汝丹頓之科特里俱樂部，尙不在此數也。糧食之缺乏，危險也。亞星牙之低賤，危險也。聖堂街，有人遺一百佛郎之亞星牙於地，一路人蹴而過之曰：『是不値我一折腰之勞也！』危險在近，在巴黎，而汝等乃一切熟視無睹，反遠覓之。羅伯士比，非於各機關，皆置有汝之秘密偵探乎？府廳則巴雄，革命裁判所則高斐訥，公安委員會則達微，然擾擾者，於汝何益，尙不如我一人之耳目為長。我今實告汝，危險乃壓汝首，繞汝足，全巴黎人，皆協而謀汝，行道之人，雖目視日報，然各領首以遞殺機矣。凡無公民護照者，大都為潛返之貴族，伏匿之王黨，或藏地窟，或隱廐樓，約言之，亦達六千人以外。汝毋謂蜷伏治事廳中而重鑰其扉，卽無人能窺汝之行藏！我今且舉一證，以示我言之非誣。汝昨日不私語聖許士德乎？曰：『白巴督（吉龍特黨員。）患腹疾，此著恐礙其出奔。』故我謂危險固處處有之，而巴黎乃為危險之中心。迨反對黨並起，貴族合謀，吾恐愛國男子 將無立錐地，而邊境駕砲之馬，將返奔而礙我曹於通衢；斯時羅伯士比，亦遂送丹頓於斷頭台矣。」

丹頓且聽且搖其首曰：「譫言！咒詛！」羅伯士比此時，仍俯首視地圖，一語不發，抑若捨地圖外，無足措意者。馬拉乃高呼曰：「我謂當今之急務，乃需一獨裁官也。羅伯士比，汝知之乎？我意欲得獨裁官。」羅伯士比徐舉其首曰：「知之，非我即汝。」馬拉曰：「然，非我即汝。」丹頓嚙齒震震作聲曰：「獨裁官乎？汝等欲爲之耶？」馬拉見丹頓盛怒，乃徐言曰：「汝毋厲其獵牙，作嚙人狀；國勢艱危若此，欲救國者，要著即在吾曹之和睦。五月三十一之役，吾曹因攻吉龍特黨而媾和，今茲問題，較吉龍特黨尤爲重大：南有弗來特烈黨，（即指普魯士，弗來特烈普帝名。）西有保王黨，（即文臺。）巴黎則國約議會與府廳之暗鬭，邊境則竇慕連之謀叛，瞿斯丁之退軍，汝等所慮者固屬不虛，而我所言者，禍尤切膚。不聽我言，則分崩離析，患起肘腋；能聽我言，則國利民福，安若泰山。若曹毋再悻悻爭小意氣，小權利，其速建一完全革命政府於巴黎，所謂革命政府者，即我曩所言獨裁官也。當獨裁制度成立，即以我等三人爲之代表。我等三人，殆如三首犬，（三首犬見神史，乃地獄中之守門犬，有三頭故名。）一首發言，汝羅伯士比是也。一首狂吼，汝丹頓是也。」丹頓曰：「一首噬人，即汝馬拉。」羅伯士比曰：「三首並噬，爲力益偉。」

三人語至此，室中寂靜者半晌。既而羅伯士比復言曰：「馬拉，吾曹今既言和矣，言和之先，宜各掬忱以示。我語聖許士德之言，汝究安從知之？」馬拉笑曰：「我固善知，尤善知叛黨之秘密，我處複壁中，日張其公民之巨目，以燭舞台，何狀不睹，何聲不聞。汝以我知汝語聖許士德者爲異乎？寧獨此也。汝不嘗稱顛覆王權者，爲人類之瘋漢乎？」羅伯士比聞語色變曰：「馬拉，汝苦不自知。汝寧不憶八月初四以後，（破王宮之前六日。）汝民友報五百五十九號中，主張留貴族之爵位，其言曰：『公爵不妨永爲公爵。』」馬拉曰：「倘不如汝於十二月七日會場中，顯然助羅蘭夫人，反對郁可彬也。」羅伯士比曰：「十月二十九日，汝且於此間抱白巴魯之腰。」馬拉曰：「汝則語皮蘇德（吉龍特黨員，羅蘭夫人之友。）曰：『共和何物耶？』」羅伯士比曰：「八月初十之前夕，汝曾宴馬塞叛黨三人於此館中。」馬拉曰：「九月之審判，（卽九十二年九月，馬拉丹頓倡殺王黨之說，悉殺都中獄囚，史稱爲九月之虐殺。）汝如野雉，自匿其首。」羅伯士比曰：「汝則如婬娃，自薦枕席。」

羅伯士比與馬拉，方持矛陷盾，各不相下。丹頓乃狂呼曰：「羅伯士比，馬拉，汝曹勿譁。」馬拉平生，最惡人呼名而列諸第二。乃怒回其首曰：「丹頓，何與汝事，乃妄干涉。」丹頓奮然離坐曰：「我干涉何事耶？我干涉汝曹爲此鬩牆之爭。外患內亂，相逼如是，要著在我曹之和睦，汝已言之。不謂汝言之，汝乃自犯之，我實不願以我手創之革命事業，爲豎子所敗耳。」馬拉仰面微吁曰：「汝欲干涉他人，汝先干涉汝報銷之簿計。」丹頓曰：「我寧報銷有不實耶？」馬拉不語而笑。丹頓見馬拉笑，乃益怒曰：「陰險哉汝也。我平生乃坦白無所隱，汝常日處地窟中，不與一人交通，我則褸身通衢，無論何人，皆能面我語我，獅虎固不甘伍蛇蝎也。」馬拉乃正容厲聲曰：「汝爲沙丹蘭主事時，國王授汝三萬三千之銀幣，汝用之何處乎？」丹頓曰：「我以爲七月十四日破巴士的獄之費。」曰：「王宮之重器，及王冕之鑽石，今安在乎？」曰：「我以充五月六日攻非色野行宮之費。」曰：「胡爲貸金於孟登仙？」曰：「爲法蘭納之役。」曰：「汝爲司法卿，乃耗十萬利佛爾之秘密費。」曰：「是即八月十日，破志哥業王宮之用也。」曰「議會中二百萬之經費，汝已取四分之一。」曰：「我用以阻礙敵軍之進步，解散諸國之同盟。」

馬拉戟手指丹頓曰：「汝言無耻，汝眞娼婦。」丹頓立而自搥其胸曰：「然，我乃公衆之女兒，願買我腹以救世界。」

丹頓之笑如雷，馬拉之哂如刺，羅伯士比則既不能笑，亦不能哂，此時見二人之交訌，惟默坐嚙指甲而已。丹頓復呼曰：「我之爲人，如大西洋，有上潮，有退潮。退潮時，人見我樵，上潮時，人見我浪。」馬拉曰：「浪乎，微沫耳！」丹頓曰：「有時爲颶風。」

二人愈爭愈怒，皆離坐而立。常日人擬馬拉爲水蛇，至是亦夭矯如神龍，張口作異聲曰：「羅伯士比！丹頓！汝二人聽之，汝曹不聽我言，爲計失也。汝曹柄政之期，以我觀之，其命運之苟延，尙不及晨曦中之殘露。前途之千門萬戶，一一皆自鑰而自杜之，所洞開而迎汝者，獨墓門耳。」

丹頓不答，立聳其肩，作輕侮態。馬拉曰：「丹頓汝愼之，費爾紐傾碩類汝，厚唇巨齒亦類汝，乃不免五月三十一日之禍，與吉龍特黨人同上斷頭台。汝毋輕聳其肩，有時聳其肩，卽所以墜其顱。我觀汝領巾不結，頭髮不修，羅意散將爲汝整飾之。羅意散者，馬拉平時錫斷頭台之嘉名也。」又顧羅伯士比曰：「若汝則粉其面，膏其髮，服御麗都，芬芳襲人，儼然畫中人也。然畫中人，恆足爲刑場之裝飾品。讀伯倫斯威克之檄文，汝且爲弒逆之首，今日飾汝身之四針，他日或易以裂汝身之四馬。」

語至此，目睛上指，眶中全呈鉛色，慘澹無人相。羅伯士比面蒼白，丹頓則全絳。其實二人心中，已寒慄不禁矣。然丹頓猶勉自振作，壯語曰：「馬拉言獨裁，言和睦，其實彼僅有一種能力，解散耳。」羅伯士比撅其薄唇曰：「我意卽有獨裁官，亦無馬拉爲當。」馬拉答曰：「我意卽有獨裁官，決無丹頓，亦無羅伯士比。」言時目睒睒睨二人，卽旋身向門欲出，乃向二人爲最後之敬禮，曰：「二君珍重，我別矣。」

斯時羅伯士比與丹頓各相視失色，方無所爲計，忽聞複室之暗陬有人高呼曰：「馬拉，汝誤矣。」

第六章

室中交鬨劇烈時，有一人排闥而入，三人均未之見也，聞呼乃各愕顧。馬拉先呼曰：「國民薛慕丹，是汝耶？」蓋入室者，果爲薛慕丹，馬拉密邇室門，故先衆人辨之。薛慕丹答曰：「然，責汝誤者，即我也。」馬拉鉛色之面，陡現暗綠。薛慕丹又曰：「汝固有用才，然羅伯士比丹頓，亦皆重要，汝胡爲恫喝之。凡我公民，允宜和睦。和睦，乃國之福也。」

薛慕丹此來，殆如於百沸湯中，灌以一勺之冷泉，立止其上滄。內部之暗潮，或未盡平，而表面則漸現澄清氣象矣。

薛慕丹語既，卽徐行就案旁。羅伯士比丹頓，固常睹薛慕丹於國約議會之公台中，知其得一般人民之信仰，有絕大之潛勢力，夙畏憚之，見其來，乃共延之坐於第四坐之虛位中。羅伯士比問曰：「國民，汝何以得入此室？」馬拉厲言曰：「彼乃寺會中人也。」言此時，語音至鄭重，人聆其音，卽可證其中心之慴伏。蓋馬拉平日，固睥睨於國約議會，而唱導於府廳，獨於寺會，則震慴焉。丹頓見馬拉已為薛慕丹所屈，意少安，乃伸手與之為禮曰：「薛慕丹國民，汝眞解事人也。今有一待決之問題，我三人爭持不決，汝來適當其時。我可代表山嶽黨，羅伯士比代表保安會，馬拉代表府廳，汝則代表寺會，四人共決此問題；耑待汝一言，卽認為多數，以息吾曹之紛爭。」薛慕丹曰：「問題安在？」羅伯士比曰：「在文臺。」薛慕丹曰：「文臺耶？茲事果重大，脫介共和有滅亡之日，亡共和者必文豪也。十普魯士不足懼，一文豪已足使我褫魂而破膽。欲法蘭西之生，必先死文豪。」

薛慕丹此數語脫口，實不啻爲羅伯士比之政策奏其凱勝之鐃歌。顧羅伯士比則殊鎭靜，不形得色。從容問曰：「汝非舊時之牧師乎？」薛慕丹曰：「然。」丹頓曰：「牧師何病？牧師之熱心，較常人爲尤烈。今日璀璨之革命時代，其基礎大半由牧師建築之。唐舒，牧師也。杜諾，牧師也。林丹，（國約議會議員，攝政時代爲大藏大臣。）爲歐佛變之僧正。郄保乃方濟各教會之修士。立打球之盟約者，（八十九年六月二十日平民代議士立誓約於打球場。）僧官單勒也。要求三民議會之成立者，院長烏特倫也。高德院長，則撤路易御座之寶幢。葛蘭古，則倡議王權之永廢。牧師果何負革命哉！」馬拉冷笑曰：「寧止牧師，狂劇俳優，黑爾巴，厥功尤偉。牧師推倒王位，優伶則擲王於地，革命事業，微牧師與優伶不爲功。」

羅伯士比曰：「若曹勿剌剌作駢指語，且論文臺。」薛慕丹問曰：「文臺近日有何舉動？」羅伯士比曰：「彼新得一首領矣，首領滋可懼。」曰：「首領爲誰？」曰：「即保守黨冷達男侯爵，自號勃蘭峒王者也。」薛慕丹愕然曰：「冷達男乎？我固識之，我昔嘗游彼邸中爲牧師。」羅伯士比曰：「彼實可畏，彼已入文臺境焚村市，戮傷人，殺俘虜，槍斃婦人。」曰：「槍斃婦人乎？」曰：「然。聞彼槍斃婦人中，有一三幼兒之母在，三幼兒則掠之而去，不知何往。且汝知是人，固一大甲必丹，夙以善戰聞乎？」曰：「我固知之。亞奴佛之戰爭，彼與李喜羅將軍，同時建功，而彼之戰功尤卓卓，眞將軍也。彼以何時至文臺乎？」曰：「三星期矣。」曰：「宜置之法律之外。」曰：「已爲之。」曰：「宜懸重賞以獎捕彼者。」曰：「已如法爲之。」曰：「不用亞星牙。」曰：「用現金。」曰：「宜往決其首。」曰：「將爲之。」曰：「孰往爲之？」曰：「汝也。」曰：「我乎？」曰：「汝將爲保安會之委員，賚全權出使。」曰：「甚願，謹受命。」

羅伯士比以政治家之敏腕，叱嗟之間，選任薛慕丹。且言且於彼案前紙類中，特揭白紙一頁，在是紙之引首，上有預印之題字一行。文曰：「法蘭西共和國保安委員會。」薛慕丹則仍續前言曰：「冷達男雖獰惡，我亦獰惡人也，我將與彼決死戰。以恐怖敵恐怖，賴天主之靈，必獲是人，以報命於共和政府。」既而曰：「我牧師也，造次必稱天主。」丹頓曰：「愚哉！天主今已老朽矣。」羅伯士比則頷首示許可意。薛慕丹問曰：「然則我出使至何人處乎？」曰：「討冷達男遠征隊之總司令處。顧我當預告爾，是隊之總司令，乃一貴族也。」丹頓呼曰：「貴族之無害，一如牧師。聖許士德非貴族乎？沙爾黑士爲科特里俱樂部中永不缺席之會員，非王爵乎？馬拉之密友孟都，非侯爵乎？」薛慕丹曰：「國民丹頓，國民羅伯士比，汝等縱信任，國人必將疑之。疑之非過也；夫以一牧師監督一貴族，其擔負之責任，當倍常人，必其牧師爲强毅不撓者。」羅伯士比曰：「信然。」曰：「又嚴酷不慈者，乃可勝任。」曰：「至哉汝言。此貴族乃一少年，汝年長於彼且倍，足以指導而範圍之。我歷觀各處之報告，僉言其人聰明勇俠，爲傑出之軍人。彼由來因河分兵，直趨文臺，不半月間已疊敗冷達男，驅逐之，窮蹙之，使不得逞志於海岸。冷達男爲狡獪之老將，而此少年以忠勇克之；然因此遂招諸將之忌，與之爲仇者不少矣，副將樓希爾尤齮齕之。」

丹頓啞然曰：「樓希爾不過欲爲大將耳，宜戲告之曰：『欲晉汝級，宜乞憐於沙斐德。』蓋彼與沙斐德戰，必敗也。」

羅伯士比曰：「樓希爾不願冷達男爲他人所敗，遂起忌心。夫將帥不和，用兵所忌，不幸文臺適丁斯厄。且我軍之在文臺者，大半皆散亂無紀，故久而無功。樓希爾所恃者，僅一柏蘭，然棄北海岸不守，而獨守南海岸，是不啻闢門以延英人；一旦鄉兵突起，英人影響而入，冷達男之計畫，將一一見諸實行。此少年司令獨親破之，以全力迫冷達男，不使近海岸，功至偉也。顧以此舉未經樓希爾之允許，樓希爾目爲擅專，至欲治以槍斃之罪，而監軍柏理安，則又以爲其才足代樓希爾爲副將，以是意見遂致參差。」薛慕丹曰：「以我觀之，此少年實一將才。」馬拉曰：「特其人有一病。」曰：「何病？」曰：「仁慈。彼勇於戰時，而弱於戰後。嘗保護僧尼，或營救貴族之婦女，或縱俘虜，或予牧師以自由。」曰：「是病至鉅。」曰：「非病也，罪也。」丹頓曰：「有時足爲罪。」薛慕丹曰：「苟關於國仇，卽罪也。」馬拉曰：「然則共和軍之首領，有故縱王黨首領之事，汝將何以處之？」薛慕丹曰：「我卽贊成樓希爾之意見，鎗斃之。」馬拉曰：「不如斬之。」曰：「是在臨事之選擇。」丹頓曰：

「等治罪耳，鎗斃與斬首，我乃無擇。」馬拉斜睨之，低語曰：「我料汝必擇一以自處。」既又顧薛慕丹曰：「共和軍之首領一有貽誤，汝即決其首乎？」曰：「於二十四小時必行之。」馬拉曰：「甚善。我今亦與羅伯士比同意，宜速遣國民薛慕丹，以保安會委員出使海岸遠征隊總司令軍中。但此總司令爲何人，羅伯士比汝宜宣布矣？」

羅伯士比聞語，乃揭其案前之紙，且揭且語曰：「我言乃一貴族。」丹頓曰：「吾曹以牧師監視貴族，爲計良佳；夫獨任牧師不可信，獨任貴族亦可危，今兼任之，我無所懼矣。」羅伯士比此時目注案上曰：「薛慕丹，汝聽之！在汝全權下之總司令，乃一子爵名瞿文者也。」薛慕丹聞瞿文名，如觸電然，色陡變。曰：「瞿文耶？瞿文子爵耶？」羅伯士比曰：「然。」馬拉見薛慕丹色有異，屢目之。乃呼薛慕丹曰：「適間之約，非汝自承乎？監守瞿文之職，非汝自受乎？」薛慕丹曰：「然，無異言。」

言此時，雖矯作靜穆狀，然顏色乃益慘白。

羅伯士比則取案旁之筆，徐徐蘸墨，書端楷四行於白紙。其所書之紙，即引首有預印之保安委員會題字者。書旣，乃署己名。署後，以紙筆授丹頓，丹頓授馬拉，各署名訖。羅伯士比復於各人署名之下，附以年月，然後以授薛慕丹。薛慕丹乃得讀之，其文曰：

「共和二年，授國民薛慕丹為保安委員會出使委員，得以全權監督海岸遠征隊總司令瞿文，此令。

羅伯士比。丹頓。馬拉。

「一千七百九十三年六月二十八號。」

薛慕丹讀此委任狀時，馬拉之目光，繞其面不少移。忽頷首自語曰：

「此事必得國約議會確定之法案，或保安會正式之公文乃妥，我當盡力為之。」

馬拉言此，語音至微，羅伯士比與丹頓均未聞之。羅伯士比曰：「薛慕丹，汝寓何所？」薛慕丹曰：「寓商務院。」丹頓曰：「我亦寓此，然則汝爲我鄰。」羅伯士比曰：「吾曹趨事不宜失時，當卽以明日爲汝正式授職之日。汝之委任狀，全體委員，皆須署名；以汝此次之委任，與柏理安等各監軍不同，汝之權力，乃無限：授瞿文爲上將，聽汝；送之斷頭臺，亦聽汝。明日三時，汝可蒞會授職，授職後，以何時行乎？」曰：「三四時卽行。」羅伯士比曰：「善。今日吾曹可暫別。」語畢，四人遂紛紛出此複室而去。馬拉抵家，則預戒其守狗白羅倫士曰：「我明日當至國約議會也。」

第七章

馬拉於巴翁街珈琲館返家時，預戒白羅倫士，明日將赴國約議會，前章既述之矣。至次日，果如言往。當其步入會場時，郗保適先彼而入，直趨馬拉黨孟都侯爵所，戲呼曰：「保守黨……」孟都聞呼，舉首睨之。曰：「汝胡呼我以此？」曰：「以汝為侯爵也。」曰：「我非侯爵，我父為軍人，我祖則織工。」曰：「然則胡以人稱汝為孟都，孟都乃侯爵之采地。」曰：「我不名孟都，我名馬黎波。」曰：「為孟都，為馬黎波，皆無與我事，第非侯爵可耳。」

時馬拉已入會場，駐足左廊，竊聽兩人之談話。而會場下方背陰處之議席上，有一羣議員，見馬拉來，皆回其首。一人曰：「嘻，馬拉至矣！」一人曰：「彼非病乎？」曰：「然，汝不見彼尚御褻衣乎？」曰「彼敢御此臨會耶？」曰：「此何奇，彼有一次蒞會，紐端且簪月桂花。」曰：「面何可怕耶？色似銅，齒則似銅綠。」曰：「褻衣甚新，何布所製？」一人曰：「似棉布。」一人曰：「非也，斜紋布耳。」曰：「衣裏爲何？」曰：「獸毳。」一人曰：「虎皮。」一人曰：「不似虎皮，爲貂鼠。」一人曰：「貂鼠乃僞。」曰：「履端有環。」曰：「然，環乃銀也。」

此處議席，方竊竊作耳語，而他處則未見馬拉入。有名桑都南者，向其鄰席議員狄蘇曰：「汝知一事乎？」狄蘇曰：「何事？」曰：「保守黨白蓮音伯爵之事。」曰：「白蓮音伯爵非與費蘭公爵，同囚孚士獄中乎？」（孚士獄在巴黎，爲九月虐殺之地。）曰：然。」曰：「兩人我皆識之，今若何？」曰：「彼等居獄，平日事獄丁至恭順，一日與獄丁作葉子戲，獄丁令彼等以槍刺王與后，彼等乃不允。」曰：「不允奈何？」曰：「昨日已送諸斷頭台矣。」曰：「兩人俱斬乎？」曰：「胡爲不然。」曰：

「今日處置貴族，何者宜治禁錮罪？」「曰：卑怯者。」曰：「何者宜送斷頭台？」曰：「强勇者。」狄蘇乃狂呼曰：「與其怯生，毋甯勇死。」

其時議場之議台上，議員巴雷方報告文臺事。謂波尼克已爲鄉兵三千人所據，勒塘南德則圍攻甚急，勞爾河左岸，自恩格倫至穆爾，王黨於此已遍築砲台。今我曹已就近遣慕卞恩之駐軍九百人，携巨砲數尊，先援南德，命海軍巡邏曼德蘭，以阻英軍登陸 。既又宣讀桑坦爾之報告書曰：「鄉兵七千人攻樊納，我軍擊退之，獲巨砲四尊。」一議員起問曰：「獲俘虜幾何？」巴雷答曰：「桑坦爾之牘尾，曾聲明此次無俘虜。」

報告甫畢，馬拉已由左廊行近孟都郄保兩人席旁，兩人仍絮絮語不休。郄保曰：「馬黎波或孟都！汝知我方從保安會來耶？」孟都曰：「會中有何事？」曰：「會中遣一牧師，監督一貴族。」曰：「信乎？」曰：「信：汝即貴族也。」曰：「我非貴族，汝則牧師，牧師殆即汝。」曰：「我亦非牧師。」兩人皆啞然失笑。孟都曰：「吾曹勿譁，願明告我。」郄保曰：「一牧師名薛慕丹，以全權出使，至一子爵名瞿文者之左右，此子爵方統率海岸遠征隊。出使之目的，欲使貴族不能變，牧師不敢叛。」曰：「是何難。但定一法案，有意外卽處死刑足矣。」馬拉乃接語曰：「我來正爲此也。」兩人出不意，皆瞬視馬拉。郄保曰：「馬拉無恙，汝久不臨會矣。」馬拉曰：「我病，醫生命我浴，故不得暇。」郄保曰：「汝在浴室中，宜愼之。塞尼加，卽死於浴室。」（塞尼加爲羅馬帝奈龍之傅，哲學家也。後奈龍欲奪其財殺之。）馬拉笑曰：「幸此間無奈龍。」斯時忽有一猛厲之聲，出於席次曰：「汝或有之。」蓋丹頓方出席過其前也。馬拉不顧，仍與郄保孟都語曰：「我來有一重要事，今日宜於我黨三人中，擇一人提出議案。」孟都曰：「謝不敏。我爲貴族，人必不以我言爲重。」郄保曰：「我則方各濟敎會之修士，發言更無價値。」馬拉曰：「我若發言，人必曰，此馬拉之言也，皆將掉頭不顧矣。」

馬拉方沉思不語，孟都問曰：「汝欲提出者，屬何種議案？」馬拉曰：「我欲提議，凡各路統兵將領，有故縱叛虜者，處死刑。」郄保曰：「此議案，議會中本有之，票決在二月杪。」馬拉曰：「雖有實等於無，至今文臺各處，擅脫俘囚，或私匿逃人者，時有所聞，未嘗罰也。」曰：「然則此議案，不啻廢止矣。」曰：「然，宜提出宣示，懸爲現行律。故我來議會。」曰：「是不必議會，謀之保安會足矣。」孟都曰：「第令保安會將此議案，揭示於文臺境內之各府廳，或實行一二次，以示鑑戒，我曹目的達矣。」馬拉聞語，頷首者再，曰：「誠哉言也。保安會足了之，但孰可往保安會者？」郄保曰：「汝自往言之。」馬拉目視郄保曰：「保安會不啻羅伯士比之家，我決不往。」孟都曰：「是奚害，我往可耳。」

三人定議各散，至第二日，保安會果發布一特別之命令，揭示議案於文臺境內之各市府各村鎮，無論統兵將領，及一切人等，有縱囚庇虜者，一律處死刑矣。

卷三

卷三

第一章

九十二年之夏，法國患淫雨，而九十三年則驕陽扇毒，大似天公妙解續事，特爲此獰惡之時代，加以渲染。然在旅行於勃蘭峒省者，則與其泥濘於棘林網徑中，甯嘀日之炙背也。

是年七月杪午後一時許，雖炙蒸猶酷，而日影西斜，微飈已動。有一騎客，適從亞佛倫坌息而至，近彭都桑之市門，見距門數武，有一酒家名聖十字館者，乃駐馬讀其門次所揭之廣告。

其人首高冠，冠章三色，身裹寬博之外帔，後袪至覆馬尻，項際結束綦嚴，獨留兩臂於外，以事控縱。有時外帔因風軒舉，人以是得瞥見其腰鞓之亦爲三色，兩手槍柄則微露鞓外，且有一匕首橫懸其上。

駐馬時，蹄鐵觸階石，爲聲鏗然。館門立啓，一酒保手携提燈，探首門外，仰面見騎客之帽章，卽呼曰：「國民欲止宿乎？」騎客曰：「否。」曰：「然則曷往？」曰：「陶耳城。」酒保急搖手曰：「不可！不可！汝不返亞佛倫，則留彭都桑。」騎客曰：「何故？」曰：「陶耳方戰也。」曰：「信耶？」既而曰：「汝且秣我馬。」

酒保乃挽馬傍槽櫪，傾其囊芻，徐徐爲脫羈勒飼之。馬來遠道，饑甚，得芻乃狂嚙。兩人得暇，談聲又縱矣。酒保曰：「此馬爲役馬乎？」騎客曰：「否，我價購之。」曰：「汝從何處來？」曰：「巴黎。」曰：「汝徑至乎？抑繞道乎？」曰：「繞道。」曰：「我知各處道途，均已阻梗，惟郵車尚有行者。」曰：「我抵亞倫森，卽舍郵而騎。」曰：「此馬購之亞倫森乎？」曰：「然，馬價至昂。」曰：「汝今日已奔越竟日乎？」曰：「破曉卽行。」曰：「昨日何如？」曰：「寧止昨日，前日亦如今日。」曰：「我計汝經途，當從亞倫森至唐佛龍，從唐佛龍至穆爾墩。」騎客接語曰：「又從穆爾墩至亞佛倫。」曰：「然則汝行倦矣，汝馬亦瘏，我勸汝少住爲佳。」曰：「我馬瘏矣如汝言，人則否。」

酒保乃端詳騎客之面，見其狀貌嚴肅端靜，灰色之髮，鬍鬠下被；繼又四矚道周，舍騎客外，荒寂無一人。乃曰：「汝以獨身行長途乎？」曰：「我有扈從。」酒保訝曰：「何在？」騎客指腰際曰：「一匕首兩手槍。」

維時馬食芻已果其腹，乃昂首而嘶。酒保復取一水筒飲之。方其飲馬時，屢屢偷覩騎客，微語曰：「若人爲狀類牧師。」騎客曰：「汝不言陶耳方戰乎？」酒保曰：「此時當已開戰矣。」曰：「戰者何人？」曰：「貴族與貴族戰。」曰：「汝言何謂，我殊未審？」曰：「我言一助共和黨之貴族，乃與一助國王之貴族戰也。」曰：「今日何處復有國王？」曰：「冲王尙在。」旣又曰：「此次戰爭之奇特，不僅在兩貴族，乃在兩貴族爲一血統也。」

騎客聽至此，爲狀極注意，乃傾其耳，若惟恐聲浪之飛溢於耳輪外者。酒保曰：「兩貴族：一爲少年，一爲老人，少年實爲老人之姪孫。叔祖爲王黨，率白軍，姪孫爲共和黨，率藍軍，兩人皆置家族不顧，日日作死戰。」曰：「死戰乎？」曰：「國民汝不信，汝且觀彼等祖孫相見禮之贄物。」言時，即高舉提燈，照其門之左扉，上粘白紙一方，形似廣告。曰：「此廣告，即爲老人設法遍揭於各處者，市屋或林木皆有之，且及我門。」騎客見廣告字迹綦巨，馬上就讀之，乃至便。其文曰：「冷達男侯爵，敬告其姪孫瞿文子爵。脫侯爵一日邀天之倖，得手縛子爵，當以鎗彈奉餉。」

酒保曰：「此處尙有答詞。」乃移燈向右扉，騎客視之，果有同式之廣告在焉。其文曰：「瞿文預告冷達男，我若獲汝，立斃汝于槍下。」酒保曰：「左扉之廣告爲昨日所粘，右扉則今晨見之。」騎客讀次，冷酷之面，微呈喜色。曰：「革命之戰，不特起於一國中，且起於一家中。偉大國民，當如是也。」言既，舉手冠次，注目右扉之廣告，向之施一敬禮。

酒保聞騎客言，狀頗感動，曰：「國民汝知此間情勢乎？此間名城巨鎮，無不贊成革命，惟鄉人則反對，貴族牧師皆助鄉人。」騎客動容曰：「或不盡然。」酒保旋易其詞曰：「客言當。反對冷達男者，卽一子爵也。」語時隨背面私語曰：「若人果爲牧師。」騎客曰：「汝毋絮絮，且告我以兩貴族之事。」酒保曰：「此兩人皆屬老瞿文家之苗裔。瞿文家共分兩支：正支之家長，稱冷達男侯爵，旁支之家長，即瞿文子爵也。冷達男侯爵，在勃蘭峒貴族中，勢力最偉，鄉人視之，不亞於王。自彼登陸入勃蘭峒境，一呼而集者八千人，不及一月，三百法區，同時響應。第令奪得一海岸，英軍即源源至矣。不料其姪孫瞿文乃起而抗之，處處阻彼之進路，且瞿文之所以能得志者，不盡瞿文之能，實以巴黎赤幘隊之來會張其勢也。赤幘隊以驍健著，自蘭朋莊受創後，深憾侯爵之殘殺其同黨，槍斃其婦人，掠奪其收育之三童，遂收集餘衆投瞿文軍，誓爲死婦復仇，且欲奪回三童。瞿文軍心，因之大振。」

酒保方滔滔語，忽中止。問騎客曰：「我幾忘之，國民得毋飢乎？」騎客曰：「我無需此，欲食我携有水罌及餺飥在，汝第告我以陶耳果何事者。」曰：「冷達男侯爵，實與英相比朋合謀，欲引英兵二萬人，由海岸登陸，以助文臺。故入境後，先據此間，不意第一著即爲瞿文所敗。不能守，乃走亞佛倫；又不能守，走甸城；欲借甸城進窺克倫維，瞿文又敗之。於是冷達男之勢稍殺矣。在瞿文之意，欲驅冷達男入扶善林，然後圍而殲諸，爲計至毒。昨日瞿文方率其軍隊駐此，忽得警信，知冷達男已趨陶耳。陶耳爲海之要隘，敵人得之，第於陶耳山築一礮臺，以阻援軍，英軍立登陸矣。瞿文郎詢得其實，遂不待命令，星夜拔隊往。計此時兩軍當交綏矣。」曰：「由此達陶耳，爲時幾何？」曰：「以軍隊往，至迅需三小時，然此時必已達矣。」

騎客忽傾其耳，若有所聞曰：「隆隆者似礮聲。」酒保亦作凝聽狀曰：「非礮，銃戰也，陶耳已作戰場矣。國民宜留此度夜，往必無倖。」曰：「我宜趨程，不能留此。」曰：「異哉！冒此大險，脫非彼間有汝平生摯愛之人，如……」騎客不待詞畢，曰：「事實如是。」酒保覓前語曰：「如汝子者，必不若是恇怯。」曰：「似之。」

酒保微露驚異色，自語曰：「我審若人爲牧師，牧師奈何有子？」騎客呼曰：「酒家汝速羈我馬，芻値我當償汝。」語畢，探囊予以數鈔。酒保受値，乃向騎客曰：「汝旣堅欲行，我不敢尼汝，顧有一語奉餉，揣汝行程，殆往聖瑪羅者。往聖瑪羅有兩道：一由陶耳，一由海濱，陶耳旣不可行，汝宜取道海濱。海濱爲程，不較陶耳遠；在陶耳之南，剛嘉勒之北，中間經聖邵舒欵留埃等處，卽得達。汝出此街口，見有兩岔道，往陶耳者在左，往聖邵舒者在右。汝愼取之，向左卽陶耳，將陷汝於戰火中，汝宜向右也。」騎客曰：「謝君。」語已，卽策馬行。

騎客行後，酒保猶時時倚扉遙望，顧夜色已深，一瞬間，人馬之影已浮沉於夜海中，不可辨晰。計其將達岔口，猶高呼曰：「向右！向右！」而騎客則竟向左而去。

第二章

陶耳爲勃蘭峒之古城，在陶耳山麓。號爲城，其實乃一峨特式之市街。街宛延而宏敞，左右皆緣以石柱之廣廈，顧建築法至參錯，在街中望之，或突如岬，或窪如灣。街之外小巷縱橫如織，皆連屬於街，如汉港之赴大河然；街之中央，則舊市場在焉。

城無雉堞，無關隘，陶耳山瞰臨其上，設遇圍攻，無險可守；所能守者，乃在街之一方。去今四十年前，游其地者，猶見有兩步廊，在廣廈之石柱中，布置縝密堅固，平時爲棟宇，戰時則儼然堡砦也。陶耳之形勢，大概如是。我今當述戰事矣。戰事之起，適在聖十字館酒保與騎客對語之時。戰者卽爲藍白兩軍。蓋是日白軍以晨至，而藍軍則出其不意，襲之以夜。兩軍相接，一則猛攻，一則死守，熱狂之度相等，而軍力則至不侔，守者有六千人，攻者僅千五百人耳。

然此六千人，則爲散漫之鄉兵：服獸皮褐，冠白章之圓帽，肩甲上橫斜書戒律，念珠纍纍懸腰鞓間，手持巨叉，或荷無銃刀之槍，砲則以繩曳之；伍列不整，設置不備，舍人心憤激外無可恃。而千五百人，則皆訓練之軍隊：冠三角，飾三色之帽章，藍衣博褶，肩縫燦然，腰懸短劍，肩荷新式之槍，槍端刀光閃閃如列星；中雜志願兵一隊，裝束大致相同，惟衣稍襤褸，足不納履爲異。前之六千人爲白軍，其首領爲一老者，卽冷達男也。後之千五百人爲藍軍，其首領乃一少年，卽瞿文也。

瞿文年三十計，神采奕奕有壯士風，目光敏銳而威，然靦然微笑時，猶留嬌穉態。平生不嗜菸，不飮酒，不妄語，容止修整，雖戰時不少苟。

見人音吐至柔和，惟發令聲，則凌厲能辟千人。遇敵猛進，騰踔亂軍中，所向披靡，人亦莫能傷之。總之瞿文之爲人，平時溫醇閒雅若書生，迨雄劍一動，則立易其至可愛者，爲至可畏者，將材殆天授也。

及革命事起，倉卒演成恐怖之時代，而此少年實爲恐怖之驕子，神魚得水，蒼鷹遇風，遂投身革命軍中爲巨率。其軍隊則自募集之，部勒悉依羅馬法，步隊騎隊。咸備其中又有候卒，工兵，坑手，擲手等，羅馬兵有擲彈機，而彼乃有巨砲，雖不成師旅，而拔幟獨出，足稱雄於一時。

至若冷達男，則亦久歷戎行之老將也。以百鍊之機智，又濟之以膽勇，其可畏或甚於瞿文。蓋從來老人多冷酷，不似少年之溫靄，以其距朝氣遠也。又輕於冒險，不似少年之戀繫，以其去死日近也。況冷達男之怒瞿文乃百倍于其他之革命黨，以瞿文與彼有天屬之關係。冷達男無嗣，瞿文乃其法律上正當之繼續人，雖曰姪孫，其實孫也。乃不謂平生勤王之大計，以境未久，不敗於他人而敗于己孫之手，其飲恨爲何如？嘗咄咄書空曰：「脫我一日得手縛此頑童，殺之如一狗耳。」

且焉彼自聖迷仙海灣登陸後，一二日間，文臺全部無不聞風搖動，不啻置一導火線於藥庫中，不崇朝而爆裂。凡棘林之長，坑谷之豪，平日自爲風氣，互相猜忌者，至是無遠無近，皆輻輳來會，聽命於冷達男。冷達男遂駸駸焉有爲文臺中央政府之勢。

然其中有獨自離貳者，乃是首先來會之賈法德。賈法德，剛愎自用人也。其胸中所蘊者，僅有邃古野蠻之戰術，然嘗自詡爲不傳之秘，用以部勒其軍隊。冷達男偶裁制之，變易之，彼遂怫然謝去，往投彭商。

冷達男眞軍人也。其用兵固不願爲勞宣若之野戰，亦不願效顧恩之林戰。彼自賈法德離貳後，益知文台之鄉兵，忽散忽聚：聚則舞飛梃，跳盪澗谷，散則蟄伏土穴，類蛇鼠，雖慓悍可用，但過於流動，并其慓悍之力亦失之。用之之法，勢必別輔以節制之師，然後以鄉兵爲輪輻，而以節制之師，爲旋轉輪輻之樞軸。假令此策得行，文臺散漫之鄉兵，立成不可敵之雄師矣。

顧此節制之師，倉卒安從得之，蓋舍英吉利莫屬矣。欲英兵之登岸，必先奪得一海岸，海岸爲瞿文所阻，不可驟得，乃思奪得一濱海之地。陶耳，濱海地也，又適無備，冷達男乃率軍疾赴之。欲由陶耳進據陶耳山，陶耳山旣據，則海岸在掌握矣。

蓋陶耳山勢據險要，設於山嶺築一砲臺，其砲程所及，一面爲福蘭諾，一面爲聖勃來特，則可令剛嘉勒之艦隊，不能飛越而出，而闢農楚至聖梅洛諸海岸，皆足爲自由入犯之地點。冷達男幾經相度，始擇定此要塞，乃於鄉兵中選出丁壯六千人，並悉其砲隊以行。在冷達男之意，以爲此役必達目的。彼雖明知瞿文在彭都桑，然料其決不敢以千五百人攻己之六千人。是時樓希爾大軍二萬人，駐狄南，顧以狄南距陶耳，爲程且二十里，勢亦弗及。遂長驅進。

既及陶耳，陶耳人出不意，且夙震冷達男殘酷名，皆走匿莫敢拒；竟不戮一人，不折一矢，唾手得之。入城之後，此漫無紀律之六千鄉兵，皆露營大街，或則造飯於烈日中，或則持念珠赴聖堂，龐雜如趁集然。冷達男亦不暇部勒，急率其砲隊士官數人趨陶耳山，相度砲臺之地勢，而以留守之責委諸其副將高伯倫。

高伯倫者，又名黎麥尼，文臺之驍將也。文臺人皆野人，而黎麥尼則直爲蠻族。狀奇醜無人相，雕鏤肉體，作聖十字及百合花形，五色爛然；性慓悍而殘忍，人言其毒性蟠曲，作螺旋形，舍蛇虺實無物足以擬似之；遇戰凌踔無前，尤能於危急之中顯其神勇，顧戰略及御兵之術，則非其所長。冷達男初莅文臺，即信任之，以爲己副。茲赴陶耳山，審爲暫無戰事，乃令其代己爲監軍。

冷達男在陶耳山觀形勢，度陰陽，幾盡一日之力，暮色蒼然，乃竣事而返。行未半，途中忽聞砲聲，仰視天空，則濃烟縷縷出城中，此戰火也，陶耳有警矣。冷達男愕然，且行且思，不解來襲者何人。其瞿文乎？決不敢以千五百人，來敵六千人。然則樓希爾乎？又惡能有此捷足。偶遇避難之市民問之，皆曰：「藍黨！藍黨！」震慴莫敢盡言。冷達男不得已，乃策馬急行，及至陶耳，形勢乃大變。

第三章

鄉兵之入陶耳也，既無營壘，亦不設哨候，隨各人之意散處人家，前章已述之矣。迨冷達男行後，黎麥尼乃以輜重安置舊市場之穹屋下，命砲隊環守之，以爲設備如是，大足高枕一宵矣。日色垂暮，人人倦而思息，一條峨特式古街，自東徂西，不下三里餘，此時幾成一大臥榻，縱横枕藉殆無尺寸隙地。且有携婦人並枕呢喃作囈語者，此著在文臺，殊無足詫；蓋文臺鄉人出隊，婦人多從行，且往往用爲間諜，著奇効。維時適當七月之季，入夜暑退，涼風乍生，雖無月色，而繁星在天，各微啓其倦眼，引此六千人漸入於平安之夢境。正恬適間，忽聞衆中有人失聲呼曰：「誰乎！」乃各張目視，則見街口人影憧憧中，有巨砲三尊，砲口準對街心，衆乃大驚。方欲覓槍自衛，而轟然一聲，巨砲之第一擊，已貫人羣而過。砲聲甫息，繼以排槍，於是六千星光下之酣眠人，皆醒於彈聲中矣。

來襲者非他，即冷達男料其不敢以少攻多之瞿文也。彼以迅雷不及之勢，乘敵人鼾睡中，掩然入城，達街口，立發大砲轟擊。鄉兵皆於睡夢中驚醒，張皇不知所措。但見巨彈舞空如火鳥，皆鼓翼而下，擇肥以膏其吻。槍聲一發，肉林中血瀑奔注，作潺湲聲。一時號呼者，奔突者，此起彼仆，互相踐踏，兒啼母哭，馬嘶犬嗥，慘狀殆非人間所有。

顧鄉兵非絕無抵抗力者，特以不意之中，受此巨創。紛亂一時許，人心略定，黎麥尼乃率衆退入舊市場。其地深邃而黑暗，且石柱如林，勢足負隅。令鄉兵一面發鎗還擊，一面急取車輛輜重，及市場中本有之木桶瓦罇，層累而堅築之，留方孔為銃眼。叱嗟間，舊市場頓成一不可破之防障矣。

市場中本有巨砲守之，但良好之砲兵，悉隨冷達男赴陶耳山。此時鄉兵中，無能發之者，惟有奮力發連珠鎗以擊瞿文身。

初瞿文見襲擊之得手，意頗自詡，以為擢陷廓清，指顧間耳。及賂防障立，乃大愕，卽下馬按劍，立於砲架旁之列炬間，仰面觀察。瞿文軀幹至高，巍然火光中，在防障上人視之，直不翅樹之以的，然瞿文乃絕不慮此。當敵彈愈麕集，則沉思愈甚，揣彼沉思之意，大抵以敵人雖有防障，而無巨砲；第以巨砲攻之，久必破，無懼焉。

瞿文思潮未落，忽見舊市場之暗陬，火光一耀，如閃電然，電過卽繼以轟磕之巨雷，一大口徑之砲彈，適從瞿文顱頂，飛越而過，洞其背倚之屋。餘震隆隆中，第二第三彈銜尾至，一彈中牆，一彈乃突落其帽。一砲兵呼曰：「將軍愼之，敵今鵠汝。」言時，投其列炬滅之，瞿文徐徐俯拾其帽曰：「然敵乃有砲。」

此時防障上，果有一人以瞿文爲鵠，如砲兵言，蓋卽冷達男侯爵也。侯爵由陶耳山歸，見事急，乃繞道趨防障，黎麥尼逆之，呼曰：「殿下，我軍被襲矣！」侯爵曰：「襲我者誰乎？」曰：「不知。」曰：「走狄南路未梗乎？」曰：「或未梗。」曰：「然則我軍宜暫退。」曰：「此著我方備之，顧鄉兵逃者甚夥。」曰：「宜退不宜逃。汝曷爲不用砲？」曰：「迷惘中未及此，且砲兵悉隨殿下去。」曰：「我今當自往爲之。」曰：「我則衞送最要之輜重走扶善，隨軍之婦女無用，悉棄置之，惟三童房宜何置？」曰：「童子乎？此我軍之重質也，宜置之都爾基中。」

言訖，即疾趨登防障。乘障之守兵，見首領來，軍氣爲之一振。顧防障爲地至隘，充其量僅足容兩砲，侯爵乃取最巨之聯隊砲二尊安置之，又於防障上洞一巨穴，以砲口向之，乃伏身砲背，由巨穴中窺探敵軍。適睹瞿文立列炬中，怒呼曰：「不意敗乃公事者，竟此乳臭兒。」

斯時侯爵憤甚，力傾其藥囊實砲，目射瞿文之面。連發三砲，皆不中；第三砲尤猛，結果乃僅脫其帽。失聲惋惜曰：「苟下以寸，我碎其顱矣。」列炬忽滅，防障下彌望皆昏黑，侯爵顧砲兵曰：「且發霰彈盲擊之。」

霎時間，防障上砲彈如雨而下，聲勢至洶洶。瞿文竭力仰攻，僅乃敵之。知不可以驟勝也。返顧己軍，可用者僅存千二百人，而敵軍則舍死逃者不計外，爲數尙不下五千。以少攻多，全恃乘其不備，若老師久頓，萬一敵軍突圍而出，攻守之勢可立變，敗無日矣。爲今之計，緩則變生，利在速下；顧以千二百人欲下五千人，在勢又惡能速，是不可不用奇師矣。

瞿文土著也，陶耳之形勢，平日固瞭若指掌。彼見敵軍設防障處，適背倚曲折之小徑，意忽動。乃呼其副將名荀桑者，謂之曰：「我今命汝汝，汝宜竭其砲力以擊防障，勿使砲聲中絕。」荀桑曰：「諾。」曰：「汝又宜暗集各隊，使人人滿貯藥彈，以待劇攻。」既乃附荀桑耳，告以數語。荀桑曰：「將軍意，我知之。」瞿文曰：「我軍鼓隊皆跣乎？」曰：「然。」曰：「鼓隊九人，汝留其二足矣；七人皆予我。」言未既，七鼓人由隊中出，皆鵠立瞿文前。瞿文乃呼曰：「赤幘隊安在？」即有一軍曹率十二人至。瞿文曰：「我需汝全隊。」軍曹曰：「全隊在此。」曰：「全隊乃十二人乎？」曰：「然，我曹僅留十二人。」曰：「善，祇此足矣。」

蓋是隊乃蘭朋莊虐殺後逃亡之殘隊，其軍曹則即在沙達蘭林收養三童之賴杜伯也。方瞿文與賴杜伯語時，一秣車自暗中推轂出，瞿文指謂賴杜伯曰：「汝命爾衆，取草綯繩索纏縛鎗之四周，勿使相觸作聲。」賴杜伯承命，如法爲之，既乃走告瞿文。瞿文曰：「諸兵士今當去汝履矣。」賴杜伯曰：「我曹固無履也。」

於是鼓隊七人，赤幘隊十二人，共十九人皆立瞿文前聽令。瞿文曰「汝曹宜縱列作直綫形隨我，鼓隊居我後，赤幘隊則隨鼓隊，軍曹率之。」

當兩軍砲火震天之際，而此二十人之小隊，竟由暗中悄然出發，直趨小徑而來。小徑夙爲民居所聚，至是乃四竄無人蹤，即有留者，亦皆蟄伏土窟不敢出。有門皆杜，無戶不扃。小隊蜿蜒而進，殆如行隧道中，莫或阻之，亦莫或知之。

行十分鐘後，遂達小徑之彼口，此口通大街，適在防障之後。方鄉兵倉卒設防障，但顧一面，而小徑一面，則殊忽略之，不意瞿文乃適由此而入。

其初至焉，防障上人，方以全力注前敵，絕無知者。瞿文乃密令軍曹去其纏鎗之索，列以十二人一隊，依徑隅而陣。七鼓隊則高舉大槌以待。未幾，兩軍砲戰聲忽少斂。瞿文乃突然揚劍而起，出其巨雷之聲高呼曰：「二百人在左，二百人在右，餘爲中權，速攻！速攻！」呼聲未絕，而鎗聲鼓聲，同時並作，聲震天地。倉卒間，人孰辨其鎗爲十二，而鼓爲七者。

防障上之鄉兵，猝受此意外之猛擊，黑暗中幾疑有千軍萬馬之壓其背者。且同時在其前之荀桑，亦率其全隊鼓行而進，猛撲防障。鄉兵此時見前後受敵，驚愕不知所措，舍逃逸外無萬全之策矣。

俄頃間，舊市場之守兵，殆如風摧枯葉，浪逐浮萍，紛紛四散。黎麥尼雖手刃數人，亦不能羈其逸足，但聞一片呼嘯聲，皆曰：「速逃！速逃！否則無倖！」冷達男方手撫巨礮，睹此敗衂，知無策可挽，乃徐徐而退。且退且言曰：「鄉兵果不足恃，非英軍莫濟也。」

第四章

瞿文既獲全勝，顧額杜伯曰：「汝衆僅十二，爲用乃逾千人。」隨命荷桑出城追襲，己則秉炬入城，搜捕餘黨。是時城中，傷者死者固枕藉大道中，而潰餘之衆，豕突狐竄者，尙復觸目皆是。瞿文所至，隨撫隨勦，掃盪殆盡。最後至一處，忽見一人，爲狀頗驍健，一手持刀，一手執鎗，縱橫奔突，力護逃人；迨逃人盡而是人已身負巨創。行踣矣，顧猶倚石柱，手握刀鎗不釋，衆莫敢近。瞿文心壯之，乃挾劍往，謂之曰：「汝宜降矣。」其人聞語，怒目視瞿文，然血潮汨汨緣衣下，繞足皆成紅潦矣。瞿文又曰：「汝今爲虜，奈何不釋兵？」其人仍不語。瞿文曰：「汝何名？」其人高呼曰：「我名唐殺龍。」瞿文曰：「汝眞壯士。」方欲伸手禮之，腰徽折，其人猝然呼曰：「國王萬歲！」即在此狂呼聲中，彼忽猛鼓其瀕絕之餘力，兩手同時並舉，一手以鎗擊瞿文心，一手則以刀斫瞿文首。

此時唐殺龍取勢之迅疾，大類蒼鷹搏兔，猛虎撲人，雖百瞿文無倖免理。乃不意有一人爲勢更疾於唐殺龍者，其人乃一騎客，適從城隅來，突見唐殺龍舉手向瞿文，卽躍馬羼入兩人中。但聞轟然一聲，瞿文無恙，而馬中鎗擊，人受刀斫，倶踣地作哀嘯矣。同時倚柱之唐殺龍，亦不支而顚。

設無是人，瞿文死矣。顧其人何人？適從何來？乃捨身救之。瞿文且驚且詫，亟就察之，見腸已洞腹斃，人乃傷面，傷劇而暈，此時血被面，如戴赤面具，顏貌萬難鑑別，僅見垂禿之髮爲灰色耳。瞿文曰：「是人爲誰，乃拯我命，若曹中有識之者否？」一兵士曰：「是人之來，我見之，爲時暫也，其來處乃由彭都桑之大道。」

一軍醫負藥囊由隊中出，瞿文命詳診傷人。軍醫曰：「傷雖劇，無害也，八日中能履地矣。」傷人身披外帔，腰束三色帶，帶上懸兩手槍，一短刀，軍醫乃爲脫衣解帶，臥諸鬐床，徐徐以清水洗濯其血污，血污盡，眞面乃呈露矣。瞿文目注之，作惶惑狀，問曰：「渠身畔有紙類乎？」軍醫乃探其衣囊，得一夾袋，立奉瞿文。

瞿文展夾袋，見一紙疊作方勝形，拆讀之，其文開端曰：「授國民薛慕丹爲保安委員會出使委員。」瞿文驚呼曰：「薛慕丹耶？」

傷人得冷水之銜剌，已徐復其生活力，目微動，聞呼乃立啓，直覩瞿文，雖不吐一語，而一種怡樂之光，滲漏於殘餘之血影中。瞿文乃跽傷人前，哽噎曰：「吾師，乃汝也。汝拯我命，今爲第二次矣。」薛慕丹曰：「胡云師，乃汝父耳。」

初藍軍入城，卽占市廳爲行軍病院，至是瞿文命於院中公廳旁，別闢一室，以處薛慕丹；已則以軍事方旁午，不敢離，乃諄託軍醫將護以歸。

既至院中，軍醫乃臥薛慕丹於牀，復施治療法一次，安置妥帖乃出。於是孤冷之斗室中，遂獨留一熱狂之病客，其熱力之發生，不獨以傷重而燎體，且以樂極而灼心，兩熱交攻，遂致力驅睡魔，擲諸衽席外。

薛慕丹固不寤也，顧亦不名爲醒，無以名之，名之爲顚倒夢想。彼念瞿文，童子也，今再遇之，已成爲偉大獷猛之人矣！遇偉大獷猛之人於他時不足喜，遇之鐃歌奏凱之日則大可喜；鐃歌奏凱之出於他人不足奇，出於其造就之學生則大可奇。就現勢而論，瞿文已巍然爲文豪之砥柱矣，而己則爲樹此砥柱之建築家。是瞿文之幹略，不翅己之幹略，瞿文之功績，不翅己之功績，瞿文固具有牧師之半體也。是名迷想，迷想夢也。彼又念瞿文具如是驚人之戰略，覺上古下今之英雄，皆不足當其一吷，脫介假以軍事全權，其所至殆未可量。當時有力之革命家，孰不欲得一大將軍出其卵翼之下，丹頓則屬意威士丹蒙，馬拉則屬意羅西雄，而薛慕丹此時，則以爲舍瞿文莫屬矣。迷惘之中，立見瞿文擐甲執兵，指揮萬衆，驅英吉利於大西洋，逐普魯士於來因河，敗西班牙於比蘭奈，服羅馬於阿勒伯，威聲震一世，勳名勒景鐘。是曰妄想，妄想亦夢也。薛慕丹大慈善家也，然亦至殘酷人也。彼恆欲以殘酷之手段，達其慈善之目的。彼見瞿文之雄邁，彼乃立見瞿文之恐怖，足蹴現世之黑暗，手護未來之光明，頭戴正義之冠，肘傅進步之翼，長劍在手，赫然神也，然非降福之神，乃爲飲血之神。是曰幻想，幻想亦夢也。

薛慕丹發此種種夢想於高度之體熱中，其能帖然寧睡乎？方宛轉枕席間，恍惚聞比鄰之公廳中，門砉然啓。繼聞有人談話聲，細聆之，則瞿文聲也。是聲爲彼所諗聞，雖隔絕數年，而嫋嫋餘音，猶留耳鼓，不意今日復冷然飄墜於病枕旁。喜極，乃勉支其劇痛，側耳聽之。

此時瞿文忽寂然無語，但聞革履聲橐橐然，有數兵士入室，報告曰：「此人卽鎗斃將軍者，當衆人紛擾時，彼乃逃匿土窟中，今爲我曹索得，執以來，惟將軍處之。」瞿文不答，有頃，忽聞瞿文問曰：「汝受創乎？」卽聞一人答曰：「我創胡與汝事，速鎗斃我！速鎗斃我！」

瞿文曰：「汝等速臥此人於牀，與傷兵同療治之，毋歧視。」一人狂呼曰：「我樂死不樂生也。汝曹胡爲？」瞿文曰：「汝欲死，我必生汝，汝稱王名以殺我，我則稱共和之名而施恩於汝也。」

薛慕丹聽至此，忽如巨雷一擊，立破其迷夢，中心戚戚若有重憂之突壓者。自語曰：「馬拉言驗矣，是卽仁慈也。」

第五章

薛慕丹之傷，面傷耳，治之至易，其愈也當亦甚速。今且上述。我今欲述一人，其傷更重於薛慕丹，爲讀者之所懸系而不忍恝然者。其人何人？蓋卽戴麥洛由蘭朋莊上血瀦中載歸之佛蘭宣也。

佛蘭宣之中彈也，傷勢頗劇，一彈貫肩，一彈碎鎖骨，皆洞穿成巨穴，惟幸未傷肺，故尙非不治。戴麥客，藥師也。自輦致佛蘭宣於樹穴中，臥之海藻床上，出其秘授之海上方，竭力治之，兩星期後，骨之折者漸續，穴之開者漸合，居然日有起色矣。

一日晨起，佛蘭宣已能步，戴麥客扶之出穴，坐樹下，冀吸陽光，以蘇其病體。戴麥客以胸傷之宜靜養也，當病者欲語，輒止之。顧病者則殊不耐，若有巨鯁在喉，時欲一吐爲快。至是晨，戴麥客見其矯健，喜乃過望，微笑語之曰：「汝能立矣，傷已全癒。」佛蘭宣曰：「吁！胡云全愈，傷在我心，汝乃不知彼等何往耶？」戴麥客曰：「彼等何人？」曰：「我兒耳！」佛蘭宣之驟發此問，殊令戴麥客難於置答。非不能答也，蓋彼所能答者，僅爲一被鎗之婦人，由彼拾得於戰地之破牆中；其拾起時，不當名人，乃一屍耳。此屍有三兒，二男一女，冷達男侯爵已斃其母而虜其兒，斃去後若何處置，生乎死乎？彼皆茫然。脫彼以此直答初起之傷人，醫生之看護爲何？故自佛蘭宜呼我兒二字後，立掩其笑靨，默而沉思，佛蘭宜覩狀，益驚異之，莫測其所思之何在。乃厲聲怒呼曰：「吾兒究何如者？」戴麥客竟垂首無一語，若罪人之臨審判然。

此時戴麥客心中，固別有所思，彼思冷達男侯爵，別後當不念我，或已忘之矣。大凡貴人之恆情，當其遇危難時，亦能暫抑視天之目，俯而媚人，迨危難一過，則又覿面若不相識矣。彼卽自問曰：「當時我曷爲救之？」繼又自答曰：「以其爲人類也。」忽又自責曰：「爲人類乎，今若何？」遂自恕曰：「我寧知有今日耶！」

反覆深思，知世人之所謂善惡者，實至無定程，有時至善之舉動，其結果乃成至惡。救一狼，遂以殺羊羣，修鷹顫之殘羽，已乃代爪距任過，此婦之怒我宜也。我實有罪，我救此婦，謂足贖我救冷達男之罪矣。然其如孥兒何？

戴麥客方自怨自艾不已，佛蘭宣憤氣幾欲破臆而出，奮然曰：「汝寧以搖舌畢乃事耶？」戴麥客急掩其口曰：「默！默！」佛蘭宣曰：「汝救我，乃誤我也。如是而生不如死，我死之後，我魂魄猶能見我兒，跡其所在，飛越其旁。我聞之，死母往往能護生兒也。」

戴麥客乃堅握其腕，試其脈搏曰：「汝且少安，熱病又至矣。」佛蘭宣曰：「我何時乃能去此？」曰：「去此乎？」曰：「然，我欲行。」曰：「汝躁卞若是，行乃無期，果其少安，則旦暮間耳。」曰：「汝欲我少安耶？」曰：「我之熱忱，天主鑑之。」曰：「天主耶？彼置我兒曹於何處耶？」言次，神智似瞀亂，音浪乃漸涉溫和。向戴麥客曰：「汝知之乎？我萬不能永羈於此，我有兒曹，不同汝之孤子。凡人於己所未歷之事，恆不能鑑其甘苦，以處境異也。汝非無兒者耶？」曰：「無之。」

曰：「我則有之，無兒我將何賴？我願人明告我以失兒之故。人殺我夫，又鎗斃我，今且并我兒奪之，我實不解我所遭之何蹇也！」

戴麥客旋診旋止之曰：「勿再言，體熱加重矣。」佛蘭宣乃直視不語。自是日始，佛蘭宣不復發言矣。顧不言之痛苦，乃較言時爲尤劇，語不以唇而以目，哭不以目而以心；夢中哽咽，覩兒影也，被底呢喃，數兒名也。戴麥客默然看護其旁，一一目擊而意會，知此婦雖不言，行志決矣。越數日，傷漸平復，戴麥客謂之曰：「我老矣，步弱不任遠行，不能伴汝以盡我分。且我伴汝，無足益汝，適增危險。我一生見屏於人類，藍黨疑我爲鄉人，鄉人又疑我爲妖巫，以我伴，不如其無。

戴麥客爲此溫言，以待答詞，乃佛蘭宣竟俯首不作一語，惟常日寂坐凝思而已。戴麥客恐其以此致疾，於敗篋中特覓得針線數事，令作女紅，以分其心。佛蘭宣且思且作，縫衣製履，日不暇給，即此趨事之勤，足徵其體力之恢復矣。有時聞啼鳥聲，則側耳聽之，嬌唇微動，若曰：「時至矣！我將去之。」顧終不發聲，汲汲縫一巨囊，滿貯熟栗以待。一日忽破曉而起，徐步出穴，注目鶩遠之深林中。戴麥客見之，問曰：「汝何往乎？」答曰：「我往覓兒曹也。」戴麥客不語亦不留，聽其入林而去。

第六章

陶耳一戰，藍軍以千五百人破白軍六千人，由是軍威大振，屢戰屢捷。未幾又有離斐維倫之役，殺獲尤夥，文臺黨衆，雖不能立就消滅，然勢亦稍稍衰矣。漸戰漸遠海岸，越數星期，乃相持於扶善之野。

斯時有一至奇特之現象，出於戰勝之藍軍中，乃喧傳於扶善之道路。蓋以同治一事之兩人，而持極端反對之意見，無事不衝突，無語不抵觸。同一共和主義也，一則爲恐怖之共和派，一則爲溫醇之共和派；恐怖者，惟以威力取勝，溫醇者，則以道理自持。兩人地位不同而權勢相等，一爲國民之委員，一爲軍中之司令。顧委員所恃以護持其說者，壁壘至堅，府廳之授桑田爾以口令曰：「勿市恩，勿縱敵！」一也；國約議會之決案：「凡故縱或誤逸叛黨之首領者，不論何人，一律處死刑。」二也；受保安會之命令，以全權監督遠征軍，司令之生死在其掌握中，其委任狀則由羅伯士比丹頓馬拉三人同意署名，三也；有此三者，其權力乃偉大無倫。而司令所恃以僅自衛者，有人心自具之權力，曰仁慈而已。

然兩人一方面方爲劇烈之反抗，一方面即爲密切之交親，於意見上視爲冰炭之仇者，於情誼上乃認爲水乳之友。兩人何人？蓋一郎薛慕丹，一爲瞿文也。

一日者薛慕丹面傷已全癒，方與瞿文共率軍隊赴戰，薛慕丹乃問瞿文曰：「吾曹今將何往？」瞿文曰：「吾師固審知之。冷遂男之大隊，已屢潰於我，今窮走扶善林，隨行者僅十數梟傑耳！八日之內，圍之必矣。」曰：「圍之奈何？」曰：「擒之。」曰：「擒之奈何？」曰：「吾師未覩我之揭示乎？」曰：「覩之。汝將若何？」曰：「我將踐我揭示之言，鎗斃之耳。」曰：「此尙仁慈，我謂宜坐斬刑。」曰：「我軍人也，但知軍法。」曰：「我謂不然，當以革命裁判所之死刑處之。」

薛慕丹語至此，忽以慘碧之日光，注視瞿文之面久之，卒然問曰：「汝前者胡爲擅縱聖瑪克隱修院之女尼？」瞿文曰：「我平生不願與婦女爲敵。」曰：「汝乃不知此輩婦人，翹怨於國民，一婦人固勝十男子也。然則汝在羅維尼，俘獲無算之老牧師，何以不送之革命裁判所乎？」曰：

「我固不願與老人爲敵也。」曰：「汝誤矣。老牧師之惡，浮於少年，鼓吹叛亂風潮者，往往不在嬌婉之妙舌而在飄蕭之白髮。汝毋作假惺惺，汝須知今之弑逆者，皆救世主也。汝曷不回其如電之目，一照王寺之囚樓乎？」曰：「脫我至囚樓中，必脫王子於險，以我平生不敵童子也。」曰：「汝論或當。第汝當知若婦人而名馬利，（路易十六之后。）老人而名比安第六，（九十三年時之教皇，五長官政府時代被拘於法京，未幾死。）童子而名路易加貝，（路易十六之王子。）皆宜敵之。」曰：「吾師恕之，我固非政治家也。」曰：「汝慎之，徇汝所爲，或將自陷於危險。汝不憶攻高寨營乎？叛徒德蘭東，已窘迫待斃，惟餘一刀自衞，行就擭矣，汝乃突呼開隊，俾德蘭東得乘機兔脫，此何說耶？」曰：「以五百人戰一人，殺之不武，我不爲也。」曰：「丹士顛之役，文臺健將裴旋，已受傷踣地矣。一兵士往誅之，汝乃呼曰：『速前！速前！我自了此人。』而汝鎗乃向天而擊，曷故？」曰：「我誓不殺踣地之傷人。」

薛慕丹怫然作色曰：「此着汝乃大誤，裴旋與德蘭東，今日皆爲文台之巨帥，汝救此兩人，不翅爲共和樹兩大敵矣。」瞿文曰：「我爲共和締友誼，曷嘗樹敵？」曰：「倫丹之捷，三百之俘虜，汝曷爲不鎗斃之？」曰：「以彭商曾赦共和軍之俘虜，故我亦赦王黨之俘虜以報之。」曰：「然則汝獲冷達男，亦將赦之乎。」曰：「否。」曰：「汝旣赦三百鄉兵，何獨於冷達男乃斬之？」曰：「鄉兵無知，冷達男則知而爲之。」曰：「顧冷達男乃汝之親屬。」曰：「法蘭西乃我之大親屬。」曰：「冷達男乃一老人。」曰：「冷達男一外人耳！已無年齡之可言。彼召英兵，乃寇也，國仇也，我誓與決死戰。非我殺彼，卽彼殺我。」曰：「信乎？汝宜永矢斯言。」曰：「言出我口，我必踐之。」

兩人相視不語者久之，瞿文忽浩然嘆曰：「吾曹不幸，丁玆九十三年。

九十三年者，實歷史上血污之紀年也。」薛慕丹呼曰：「瞿文汝愼旃，汝身爲恐怖中之驕兒，勿肆詆譭，以慢斯神聖之年。汝亦知今年爲何年乎？乃大革命之年也。吾曹欲締造此大革命，第一方針，即在無慈悲心。譬諸病者受手術之痛苦，豈醫生之罪乎？革命有一大敵，舊世界是也，剪除之惟恐不速。猶之醫生有一大敵，腐肉潰膿是也，惡能以煦仁孑義，不施刀圭耶？吾曹倒王位，鏟貴族，廢苛刑，奪武冑之霸權，破牧師之迷夢，是何等可驚可恐之手術；脫非運穩練之健腕，草薙而禽獮之，曷克有濟？破巨瘍不能不流血，滅大火不能不耗水，造革命不能不恐怖。神醫之未奏效也，肉眼或誣爲屠儈；殊不知不經斷割之慘，即無以竟其救濟之功。汝欲爲毒菌求恩乎？我見汝適爲瘡痏之功臣而作健全之蟊賊耳！」

瞿文悽然曰：「吾師乎！我見醫生類皆和平，不似今人之殘暴。」薛慕丹曰：「欲建革命之基礎，非佐以獰惡之工師不爲功，柔肩脆腕無當也。汝試回盼巴黎恐怖漩渦中，羅伯士比則堅如鐵，聖許士德則靱如革，丹頓則猛烈如火，馬拉則銳利如刃。瞿文汝宜慎記之，茲數人之威名，直抵雄師百萬，第令聳眉搖舌，已足震慴全歐。」瞿文曰：「若論淫威，甯止震慴全歐，來禩流聞，猶當毛戴。」既而曰：「吾師謂我詆諆革命，乃誤會也。我謂今日之革命，直無功過之足言，固無一人無罪，亦無一人有罪。路易十六譬諸一羊，而革命黨則譬諸羣獅，以一羊投羣獅中，羊見不敵，乃思逃逸，逃逸不能，乃奮其困獸之鬬以自衛。夫自衛者，有生之恆情也。 顧以是遂觸羣獅之怒，僉指其外露之猘牙曰：『是叛也，有罪之鐵證也。』遂撲而食之，於是他羊不平，羊獅乃交惡。一部革命史，質言之，僅一羊獅互鬩圖耳！」薛慕丹曰：「羊乃畜類。」瞿文曰：「然則獅爲何物耶？」

薛慕丹沉思半晌，既乃徐舉其首答曰：「維此羣獅，爲人類天良之代表，思想之雛形，道理之正鵠。」瞿文曰：「亦恐怖之元素也。」曰：「評革命爲恐怖乎？我知必有昭雪之一日。」曰：「汝亦懼人以恐怖評革命耶？其實凡革命家特以號召天下者，不過三標的：曰自由，曰平等，曰博愛，三者皆和平中正之道，我儕惟求恢廓此道，俾一切人民，共享共和之幸福斯已耳！何必演恐怖之面目驚人乎？寶座推倒矣，而斷頭機乃巍然代立；王室毀矣，而萬衆之首，各不安於頸，至善之事業，乃以至惡之手段濟之，從此革命二字，將爲萬世所詬病。非革命之果病也，惟革命成於不仁者之手，斯病耳！我軍人也，惟知擲性命以爭一勝；若既勝之後，不有恩意以拊循之，勝亦何功？吾人須知人類皆一體，當其戰時，不得已乃暫認爲仇敵耳，一罷戰則皆昆弟矣。」

薛慕丹聽至此，蹙額言曰：「瞿文愼旃，我愛汝猶子，不得不警告汝。我曹處此時代，仁慈即叛逆罪之媒介也。汝宜愼旃。」

兩人一問一答，詞鋒相當。斯時若有人竊聽其旁，不啻聞一斧一劍鏗然相觸於自由之空氣中。

第七章

佛蘭宣既以訪兒故，毅然別戴麥客而去。至兒之究在何地，訪兒之道宜何向，佛蘭宣亦殊不自知；惟奮其兩足之力，日夜盲進。飢則摸索囊儲之熟栗，熟栗盡，則沿途乞食，有時乞亦無得，乃嚙野蕨以自救。若倦而思息，則以天爲幕，以地爲牀，酣然偃臥於星月之下，或風雨之中。

一路探訪而來，不知經幾許村落，幾許鎮市。所到之處，或憫其困苦而賙恤者有之，或惡其襤褸而驅逐者亦有之，顧彼乃落落，絕不以人之愛憎縈其堅定之懷抱。脫人不介其近街市時，彼則逕趨深林。

佛蘭宣固非地理學家也。舍其所居之西四官莊外，殆一無所知。彼之旅行，又無預定之里程，有時沿道間之敷石，有時辨車行之轍迹，往往欲南望北，終日奔命於枉道中。初行尙以履，繼乃以赤足行，終竟以血足行。

斯時文臺全境騷亂，既無警吏，亦無官長，處處皆在戰火中。彼乃奔越而過，絕無聞，絕無見，亦絕不趨避。彼所常懸於心目中者，惟有愛兒之嬌影，掩映於前路之林光烟影間。

彼於途次遇行人，輒問曰：「汝曹有人見三童子乎？」行人舉目凝睇之，彼又曰：「三童子，乃兩男一女。」行人不答，彼乃呼曰：「若望，阿蘭，饒善德，汝曹未遇之乎？」俄又曰：「長者四歲有半，幼女僅二十閱月耳，人掠之往何處乎？」行人不解所謂，輒掉頭不顧而去。彼見人之不顧也，則立而自搥其胸。

一日遇一鄉人，長者也。聞彼哀呼，乃諦聽之，且作沉思狀。旣乃問曰：「汝問三童子乎？」曰：「然。」曰：「三童中有兩男。」曰：「且有一女。」曰：「此卽汝所訪求者耶？」曰：「然。」曰：「我聞一領主，曾掠三童子，今已攜之去矣。」曰：「攜之何往？」曰：「往都爾基。」曰：「然則我往彼間，卽能獲我兒乎？」曰：「或然。」曰：「都爾基何物乎？」曰：「乃一地名。」曰：「村落乎？抑鎭市乎？」曰：「不知，我平生未嘗往也。」曰：「離此遠乎？」曰：「匪近。」曰：「近何處？」曰：「近扶善。」曰：「若往彼間、宜由何道？」鄉人乃舉其手指西方曰：「汝第向日沒處行，當得達。」鄉人西指之手未下，而佛蘭宣已奮步行。鄉人疾呼曰：「汝宜愼之，彼間戰方劇也。」佛蘭宣不答，轉瞬已入暮靄蒼茫中，不見踪迹矣。

第八章

都爾基至今日，已渺不可睹矣，然追溯四十年前，旅人之經扶善林者，行及林陲，將入巴利尼境時，猶見有動魄驚心之一物，巍然矗立雲表者，卽都爾基是也。

顧此都爾基，非生都爾基，乃死都爾基，非金湯鐵甕之都爾基，乃禿頂洞腹之都爾基。雄偉之建築，頹廢百年，但存此殘址，亦猶人之梟傑者，雖形骸萎化，而毅魄恆足嚇人於死後。

都爾基形圓而體立，蓋一羅馬式之巨塔也。塔之建立處，爲一陡絕之高岩，相傳爲第三次十字軍時代之遺構。人之欲游是塔者，須攀登高岩，卽望見塔之下部露一缺口，經此缺口，乃達塔之內部。其內部廓然而空，黝然而深，豐基銳首，儼然覆置一巨大之石喇叭於地上。由巔至末，無橫層，無頂蓋，無幕板，無敷石，圓礎傾，礮眼塞，藻梲雕石，咸破裂不存形模，惟餘一二巨梁，橫亙空中，賴此得驗塔中原有之層級；布滿梁上者，乃爲鳥糞蛛網而已。四圍堅壁巉立，基部厚達十五呎，漸高漸薄，然至薄處尚不下十二呎也。通體無不龜裂，有時或鑿巨穴如栲栳，穴所在，卽門所在，旋螺梯乃隱於門後之複壁中。脫有遊人，於深夜入此塔中，則其耳所聞者，爲鴟鳴蝠嘯蛙鼓蚓笛；足所踐者，爲鍼棘劍石，蛇涎人髑；首所戴者，乃一窈黑無根之懸井，張其不緘之口，以納睒睒之星光，有不栗膚指髮耶！

其缺口處乃一深坑，曾經地雷劇烈之轟發者。藥窖作僧帽形，其容積之強，與塔之碉樓相稱，約計之，至少能儲火藥百斤，其導火線蜿蜒作溝狀，達碉樓下之窖中。窖雷突發時，遂破此堅堡，成今日之缺口，而當日之圍兵，卽賴此爲入塔之道，其情形可目按也。此塔固著名之堡砦，受兵火之猛攻者屢矣。觀其碉樓及堡壁所存之彈傷，其形式至爲錯雜，自十四世紀之石彈，至十八世紀之鐵彈，靡不森然羅列，如彈譜然。

缺口之內部，卽爲塔之下室，其徑對缺口之塔牆，上設一門，門啓而窟室現。然此窟室乃凹入岩腹，殆斲岩石成之，裵延繞塔基，直達下室之下。

此窟室實一地牢也，各堡砦皆有之。共分兩層。其第一層，卽在塔牆之門內，室寬大而頂作穹形，與下室相並。人入此室，見壁面之上，有並行之兩凹綫，依穹蓋之勢，由彼壁直下此壁，深陷如軌道然。顧開鑿此軌道之成績，不由於車行之力，乃出於兩輪之旋轉；蓋封建時代有裂刑，此室卽實行裂刑之地也。人置兩巨輪於室中，而以罪人之四肢分繫兩輪，機括一動，使兩輪各爲劇轉，而罪人四裂矣。今日睹斯深刻之壁痕，猶能想見當時運轉之力至偉大也。

是室之下層，乃別爲一室，方爲眞地牢。無門闥，僅有一穴，開於上室之敷石間，凡罪人之宜入此室者，往往裸其體，由此穴縋下之。若不欲遽奪其生命，則每日以糗糒投之。

此穴爲風所自入，而地牢下層，凹入於塔下室之下者，又常爲水所瀦。有時寒風凝水，地牢乃立成冰井，下層牢囚，被殺於此風者至夥；而上層牢囚，則每賴此風以通其呼吸。顧上層牢囚，若摸索暗中，偶一失足，卽由此穴墜入下層，永永不得復出。故凡入地牢者，若猶有戀生之心，則此穴爲其陷阱；而自厭世者觀之，乃不啻趨死之捷徑矣。

塔之內部，當日所可蹤跡者，僅此耳。至塔之外，則缺口之上，有洞開之巨穴一，較他砲眼獨長而闊；雖樞關鍵落，而隱約間猶留門之輪廓。徑對此門，橫跨於大壑之上者，則有一三環拱之大橋，四十年前，環已如玦，而拱則成浮標，分裂不相連屬矣。然其分裂處，猶時時發見巉立之殘礎，半焦之斷柱；以此可推見橋上固有屋宇，經兵燹後，焚毀略盡，僅存此建築之枯骨，植立於死塔之旁。

法蘭西語，稱塔爲都爾。都爾基者，即都爾瞿文之省音，譯言瞿文塔也。此塔在四十年前，乃一古迹，而今日則爲模糊之遠影矣。若當九十三年之頃，則固巍然一堅固之堡砦，爲扶善林西口獨一之保障也。

狄南扶善間，其地質多片剝石，往往有壁立奇峯，突起於棘林叢灌中者。都爾基所建立處，即此類突起峯之一。高據峯巔，勢至峻險，峯麓乃橫一巨壑，春顛水溢，汪洋如大河，至夏則涸。

瞿文家之初建是塔，視爲不可破之堡砦。未嘗設橋也，其渡壑恆用徒杠，不用時，一斧之力足斷之，累世不敢變更，以自撤其防盾。迨其後由子爵洊升侯爵，門閥漸隆，奢惰之風亦漸中之，以徒杠爲樸儉不便，乃建一三環拱之大橋，跨壑而過，直達平原。

塔之對面，本有一高丘，下接平原，而與塔相逼處，中間僅隔一壑耳，橋乃橫貫而過，適爲高丘與堡砦之連畫。橋墩至高，墩上建有峨特式之屋，較塔屋尤爲宏麗，儼然具宮觀之雛形。複道綿亘，達一傑閣，即近塔處也。閣分三層，下層爲衛舍，儲戈矛；中乃書樓，藏圖籍；最上層則倉屋，積芻糧；皆琉璃爲窗，文杏爲柱，雕琢牖壁，窮極研巧。

郗爾某，一獰惡之建築也，而是橋乃雅麗絕倫。以現象言之，直不啻以天上安琪兒與魘鬼把臂而行，一嚬一笑，亦作嗔雷激電觀矣。顧以軍人之目光視之，此橋之設，實大爲堡砦之弱點。蓋堡砦一面臨大壑，一面倚森林，固天險也。今跨壑建橋，則壑險已失，敵人脫以一軍由平原進窺，則高丘與橋皆可不戰而陷矣。况橋上書樓倉屋，所儲藏之圖籍芻糧，皆爲引火之品物，敵人第利用火攻，堡砦即無可守之理。

依此缺點而論，都爾基直一廢堡，非用武地矣。然何以勃蘭峒戰史中，猶卓卓以堅堡稱？則以建築此橋者，固早計及之，曾設有兩種之補救法也。一備火攻，乃造一極巨之救命梯，其長等於閣之高，急則縋而下之，亦等於閣之廣，無事時則收而藏之。一備襲擊，乃造一低而且厚之鐵門，以隔橋塔，門堡爲穹窿形，鍵門之鎖，則用一祕鑰，其啓閉法，獨主人知之，他人雖得鑰，無益也；第令此門一閉，即以萬鈞之砲彈轟擊之，亦不能損其毫末。

然入塔之要道，必先由橋，由橋而門，由門而塔，無第二之入口；此門不破，塔亦終不可破矣。

橋閣之第二層，其橋墩獨高，與塔之二層相聯屬，鐵門即安置其間。

越此鐵門，達橋則爲書樓，入塔則爲中心柱之穹室。此穹室，卽碉樓之二層也。室形如塔之圓，繞壁闢砲眼，通天光，壁裸無塗堊，壘石齒齒可數，顧甚整飭，人若欲於下層攀登是室，則有一螺旋梯，隱於厚壁中。此梯各層皆具，梯道旁險而上低，非側身俯首，不能過也。脫在圍攻危急時，第介一人持鎗立道口，雖百勇夫亦趦趄不敢進矣。

穹室之下，有同式之室二：一卽第一層，一卽下室也。穹室之上，有小頂屋，由頂屋直達塔頂，頂口以石板封之，可以登眺，狀似平臺然。

塔壁厚十五尺，我前已述之矣。鐵門之穹蓋，一半卽鑿此壁爲之，其一半乃嵌入橋墩。鐵門則設於穹蓋之中央，門閉時，乃劃分穹蓋爲二，塔與橋各占六七尺，開則混而爲一，絕類天然之洞府焉。其穹蓋之嵌入橋墩處，牆上乃闢一矮門，以螺形階，下達書樓下衞室之廊次。其橋上之複道，亦非直接高丘，近高丘處，乃立一峭壁隔之，橋亦嶄然中絕。別於峭壁之下，置一方形之戶，建旋轉橋於戶外，以接高丘。其戶內則通衙室之長廊，假令攻堡者欲至鐵門，必先破峭壁，復突過螺形階之矮門，始能登密邇鐵門之書樓，其險阻爲何如？

書樓爲長方形，與穹蓋爲連體，舍鐵門外，別無室門。室之上下，悉蒙以文木，四壁皆置玻璃之書櫃，雕鏤配置，精雅絕倫，於此足顯十七世紀時班倕之巧。室中有文窗六扇，洞開時，下瞰高丘，歷歷在目，而室中之秘，在高丘上亦能窺之。各窗皆獨立不相銜接，其距離之空壁間，各立一文石之半身像，像數與窗數等。書櫃中牙籤玉軸，無美弗備；而尤著名者，則爲一四摺八頁裝之古書。書中羅列各種之雕像，其標題乃用極巨之金色字，文曰：『聖巴德雷密，Saiut Barthilemy』此書爲當時惟一之孤本，古董中之赤刀大球也；觀其獨據櫃之一楅，古色斕然，大有睥睨羣書之概。

至書樓上層之倉屋，室形與書樓同，構制極單簡，實爲一樓頂屋也。中儲芻秣及糧食，幾無尺寸隙地，頂設天窗六，賴此以通光線。門上則刻一聖像，上列羅甸文之古詩。文曰：「Barnabus Sanctus falcem jubet ire per herbam」

我今櫽括言之，都爾基乃一六級之巨塔。級有碉樓，樓之周陸，皆鑿砲眼如蜂窠，前瞰高丘，後倚森林，塔與高丘間，則建有三環拱之大橋。橋上有屋，宏麗如宮觀，橋之出口，獨有一旋轉橋，而塔之進口，則惟鐵門耳。橋下乃一大壑，冬日爲淵，春日爲溝，至夏乃成石濠，凡此卽所稱都爾瞿文者也。卽瞿文家之爵邸，而外省之巴士的也。

第九章

人生日月，至飄忽耳！而恐怖之日月，則較恆時為尤飄忽。七月逝矣，八月即繼至。斯時法蘭西革命之舞臺上，忽演一悲慘之劇。蓋女傑哥德，已剸刃於馬拉之腹，而以蝤領暱就斷頭機也。至文台之形勢，王黨敗耗四傳，恩襃尼一戰，死者乃八千人，棄南德　走沙窑，喪丁壯於杜窪，焚輜重於囂害，大隊竄散略盡，惟各狙伏深林危谷中，東起西滅，為不規則之野戰，以遙應冷達男。而海上英國之軍艦，亦時時遊弋於奇南寨瑞寨間，待冷達男凱勝之消息，以踐登陸之計劃。第令一日登陸，則王黨百敗之損失，將以一勝恢復之；然此一勝之希望，乃終為瞿文所阻。馴至八月之杪，而都爾某遂被圍矣。

一夕晚霞初落，繁星漸吐，天固無風，林間柯葉，皆寂然作假息態，平原草色，則一碧無際。於此至恬靜之初夜中，忽聞一喇叭聲，飛墜於塔上，而同時塔下，乃亦有一喇叭聲應之。

斯時凝睇黑影中，塔上有一人武裝植立，而繞塔之四陸，乃有蠕蠕浮動之人羣，此人羣非他，蓋露營也。萬竈初炊，火光熒熒然，散布於林間草際，大似綴繁星於地面，與天蓋爭其絢爛。吾人賴此星光，得辨悉露營所占之地域至廣漠，而軍容亦至盛。塔之一方，自森林高岩橋之一方，自平原至大壑，皆爲圍兵所密布，如張巨網然；而巍然之古堡，已墜此巨網之方罫中矣。未幾，塔上忽奏第二次之喇叭，塔上之聲甫止，塔下之喇叭，又應之如前。

此蓋當時兩軍會晤之暗號　殆如海軍之旂語然。第一聲先表明暫時休戰之意，其第二聲則發問也。若曰我將語汝，汝願聞之乎？敵軍不答，則爲拒絕，脫願承諾，則必應聲。

時則塔下已應聲矣。忽聞塔上一人，向下抗言曰：「汝曹聽之，我乃高伯倫，性嗜殺，似惡神黎麥尼，故人又以黎麥尼呼我。汝曹殺我父，戕我母，肢裂我十八齡之弱妹，汝曹已飽飲我一家之血矣，我則欲吸汝全羣之血，以酎先靈。汝曹視之，我今在此，在我側者，乃勃蘭峒王冷達男侯爵殿下，我之主人也。我今奉主命警告汝，汝毋謂破此塔，便足竟乃功也。當侯爵入塔之前，已分遣驍將六人，各率精銳，散伏四方，待時而動。勃蘭斯脫及哀南爲一路，以賓連當之；刺佛爾與羅哀爲一路，以德蘭東當之；霍梅林則有若荷，康田宮則有高連，以克龍付之裴旋，以扶善委諸蒲丹，勿論汝未必遽破此塔，即破矣，冷達男殿下死，國王與天主之文臺，終不死也。」

語至此，聲浪稍抑。旋又言曰：「汝等今乃徵集州郡之兵四千五百人，以全力圍塔，兵力不爲不厚矣。而我曹之守塔者，自吾主冷達男殿下外，有若狄爾慕院長，有若祁那蘇，爲斐德營之甲必丹；有若倘丹扆，爲黑牛營之甲必丹；有若米山德，爲富宻營之甲必丹，其餘隨行敢死之士，并我計之，僅十九人耳！然汝有雄師，我有人心，汝有巨砲，我有堅堡，我何懼乎汝。汝雖以地雷轟塔基，下壁已成缺口，汝將由此進攻矣。顧於未攻之先，我曹猶欲託慈主之靈，以和平之語餉汝。汝知我曹手中有三俘虜乎？此三俘虜皆童子，爲汝軍中赤幘隊撫育之孤兒，常日所誓欲奪回者。今我與汝約，脫能立解重圍，許以自由，則我曹卽獻出三童子，以答嘉貺；若其否也，我主不敏，亦有以處之矣。汝曹思之，欲攻此塔，著手處僅有兩道，不由森林一面之缺口，卽由高丘一面之大橋。汝不見橋上三層之傑閣乎？我今於閣之下層，已置石油六大桶，乾蕨百束，上層則有芻秣，中層則爲圖籍，塔與橋交通之鐵門，則嚴鍵之，鍵鑰貯諸吾主殿下之衣囊，我乃於鐵門下鑿一穴，以過導火繩；繩之一端，垂於石油桶中，其一端則我手執之；我雖身處塔中，然無論何時，苟一星之火，脫我掌中，橋閣乃立成灰燼矣。汝今不允我約，我卽置此一童子於閣之中層，在石油之上，芻秣之下，鐵門之中，汝若攻橋，則汝自焚之，攻缺口，則我焚之，兩面並攻，則我與汝共焚之。總之不攻則已，攻則三童子無倖全理。汝今速答我。允乎？否乎？允則我曹自由，不允則童子死，兩言決耳！速言！速言！」

於是塔上寂然不復語，旋聞塔下發一嚴猛之聲曰：「吾曹決不允汝。」繼又聞一人發言，聲浪較前人爲溫和，曰：「我允汝二十四句鐘不攻，以待汝降。」既而曰：「至明日此時，若猶不降，則必攻汝。」一人厲言曰：「攻汝，決不爲姑息也。」

此人語音甫止，塔上之砲眼中，忽現一獰猛之面，望而知爲冷達男。方斜出半身，注目塔下黑影中，高呼曰：「吁！牧師，我謂何人，不意乃汝也。」此人猶笑答曰：「叛徒！汝猶識我乎？」

第十章

塔下發言之兩人；嚴猛者為薛慕丹，溫和者為瞿文，冷達男侯爵辨之固不誤也。

薛慕丹之入文台，僅數星期耳！顧自彼之至，共和軍之殘暴，乃百倍於前。於是無遠無近，咸震其威名，比之馬拉之在巴黎。卽彼與冷達男侯爵所據之黨，雖如南北極之相對，而一權之以人類平情之大衡，其憤恨之重量，當居同等。所以柏里安方於克倫維懸賞購冷達男之首，而同時沙裴德乃於腦門豆亦懸賞購薛慕丹之首也。

迨瞿文既逐冷達男於扶善，薛慕丹恐兵力單薄，不足操勝算，乃爲徵調各處民兵及戍兵，共得四千五百人，儼然成一軍矣。薛慕丹卽欲尊異瞿文爲將軍，瞿文堅辭曰：「冷達男未獲，我乃何功？無功受榮名，不祥，師且遲之。」遂率四千五百人，及巨砲十二尊，迫冷達男於都爾基圍之。以六砲埋林中向塔，以六砲置高丘向橋，復掘地道，以地雷轟塔基，使成巨大之缺口。

以形勢而論，圍者有衆四千五百人，而守者僅十九人，衆寡之數懸殊，雖金城湯池無益也。冷達男知之，顧冷達男又知瞿文，仁慈人也，三童子，敵人之重質也，乃利用爲濟變之策，以牽制之，冀得稍緩其勢。果焉瞿文乃許以二十四句鐘之休戰，雖然二十四句鐘，爲時暫耳，過此以往，都爾基將在猛烈之戰火中矣。

都爾基此時之命運，乃至奇特，一瞿文攻之，一瞿文守之。（冷達男亦瞿文氏，故云。）顧愛護都爾基而願保存之者，守者反不如攻者之甚。何也？蓋以冷達男宿衛非色野王宮，歷有年矣，此雖祖構，平生未嘗一日居之，不過窮無所歸，藉為藏身之窟耳！毀滅之亦何所惜？而瞿文則不然。

都爾基之弱點在橋，欲攻都爾基，必先攻橋，瞿文固習知之。顧以橋閣之書樓中，多藏先德之遺物，假令攻之，必先火之，火之則書樓不能獨免，是瞿文不啻自焚其遺物也，亦不啻自攻其先德，忍乎不忍？且都爾基固瞿文家之邸第也。瞿文生於斯，長於斯，其幼時之搖牀，或尚廢置於書樓之牆隅，即此峨峨堅壁，亦曾屏衛其荏弱之生涯，以有今日；奈何不食報而反施攻乎！以是種種根觸，瞿文對於橋之一方，縱明知為戰略所必爭，亦不能無所瞻顧。僅於其間，嚴列礮隊，以防敵人之竄逸，而獨移其攻擊之全力以注塔下。

薛慕丹，殘刻人也。平生於破壞之事，從未一蹙其蘊怒之眉，而獨於橋閣，則亦未免惻然心動。彼念身爲巴利尼小教正時，曾於此閣，授瞿文以讀，嬰娩在抱，婉孌動人，嬌口嚶嚀，拚讀字母，此景此情，宛其在目；今瞿文成人矣！且成爲偉大之人矣！脫無此閣保衛其體魄，惡能發育其精神。因愛瞿文之心，不能不推愛於此閣，彼見瞿文舍橋而攻塔，彼已默會之而默許之。

第十一章

定約後之夜間，兩軍汲汲各為戰備。瞿文乃召其副將荀桑謂之曰：「軍中有長梯乎？」荀桑曰：「無之。」曰：「我曹宜備之。」曰：「用以攀登乎？」曰：「否，我將用以施救。」荀桑微愕，既乃恍然曰：「我識將軍旨矣，將軍所需之梯乃至高。」曰：「然，至少能及三層樓，今無之，奈何？」曰：「將軍初意不攻橋而攻塔，故我曹用全力經營地雷，未嘗備梯。」曰：「然則此時立備之尚能及也。」曰：「如是巨梯，恐非叱嗟可成。」曰：「以數短梯銜接成之。」曰：「鄉人已悉毀其梯，如其毀運車與渡橋。」曰：「汝言確，鄉人固欲殲蹙我蘧撓之共和軍，使跬步不能移也。」曰：「彼毀車以滯我運糧，毀橋以阻我渡河，毀梯以絕我攀城，鄉人誠狡惡。」曰：「然，此梯我乃必需之。」

荀桑俯首半晌曰：「得之矣。在扶善之旁，有一村名約樊南，村中有一木肆，向此肆中覓之，或可如命。」瞿文曰：「汝速往覓之，毋失時。」

曰：「將軍何時需此乎？」曰：「明日此時。」曰：「我當立下一徵發令，遣騎使馳往，幸約樊南村中，駐有我軍之騎隊在，當能供給之，明日日落前必至也。」曰：「甚善，我夙獎汝能，果不謬，勉哉速爲之。」

荀桑受命，乃離瞿文出，歷十分鐘復來，告瞿文曰：「騎使已馳赴約樊南矣。」

瞿文乃離荀桑，獨登高丘，周閱橋閣之兩側下臨大壑者。知此閣之出口，舍適旋轉橋之矮門外，實無他門。是門面壑岸，人若欲由高丘至橋趾，第緣此岸而下，歷棘叢，踐瀨石，即得達。屆緊急之時，移大砲於此仰擊之，則此三層之傑閣，乃爲彈雨之漩渦，雖飛鳶野馬，萬無竄逸之餘地。瞿文詳細巡視竟，於是舍橋攻塔之計乃愈決。與薛慕丹議定，己與荀桑專攻塔下之口，而以高丘屬之薛慕丹，預約當塔破時，則列火繩於砲門以向橋壑，俾敵人不能越雷池一步，則一鼓擒之必矣。

第十二章

當塔外爲攻擊之預備時，塔中亦竭力經營防守之策。是時塔之下基，已爲地雷所洞，厚壁穿漏，成不規則之穹形門，直達塔之下室。此下室亦圓形而有中柱，廣不下四十尺，與塔之各層室，規制相似，第較廣耳！他室咸具炮眼，此室獨缺，且並氣穴天窗亦缺之。日光空氣，終古未嘗一臨，名爲室，實一墳墓也。室隅有一門，卽地牢之門，雖木製，堅乃逾鐵。又有一門，隱於厚壁中，乃螺旋梯之門，通上層室者也，此門各層皆有之。

今此室之壁上，已開缺口，敵人卽能入之，入之則此室被據矣，此室被據，卽爲全塔被據之張本。

然則塞其缺口乎？顧此室夙不利呼吸，凡入室者，往往悶懣而死。今開缺口，固導攻者以進路，乃亦餉守者以生機，塞之不便，且何益？我能塞之，敵不能復開之乎？

冷達男固勇於戰而巧於守之老將也。彼知與其塞缺口，無甯設防障。其所設之防障爲凹角形，角倚塔中心柱，而伸兩翼於左右壁，障面穴孔爲銃眼，以備擊敵，獨留缺口於防障之外。室中及下層地牢，亦節節置備。門則以堅柵護之，惟螺旋梯之門則不杜，以便上下層之交通。

侯爵年事雖高，顧此時乃健碩不倦如少年。運磚石，舉榱桷，皆躬親之，以厲衆人。且戒之曰：「諸君勉旃無餒，昔沙爾十二被圍於奔丹，以瑞士兵三百人，抗土耳基之二萬人，終不爲屈，汝曹當效之。不論汝曹中無思叛者，即叛者達半，我亦不惜鎗斃其叛之半，而與不叛之半共守也。」以是人皆欽服之，如神明焉。

第十三章

方侯爵在塔中設備時，黎麥尼乃至橋閣中，三人隨之；一曰祁那蘇，其二人則畢耿白兄弟是也。黎麥尼手提燈，啓鐵門而入，遍歷橋閣之三層。先至頂層，悉傾芻秣囊撒布地上；次至下層，以火藥函加於石油桶上，移乾蕨使與桶逼處，然後安置通塔之導火繩於各桶中，而蜿蜒於蕨束之下，傾石油如瀋，浸潤之。布置竟，乃入中層書樓，置三搖牀於樓中。搖牀中臥三童子，即若望，阿蘭，饒善德，佛蘭宣所苦索，而共和軍所誓欲奪回者也。移置時爲狀至輕和，三童方酣然恬睡，竟未之覺。搖牀爲柳木所製，形如籃而矮，幾與地平，臥童醒時，可匍行而出，不需人之扶掖。各搖牀之旁，黎麥尼則置湯碟，輔以木杓。是時樓窗上橫懸之救命梯，侯爵已先命黎麥尼收入樓中，臥於西牆下，三搖牀安設處，乃在東牆，首尾相銜，適與救命梯遙遙相對。黎麥尼恐小兒呼吸弱，不堪夏日炎威之蒸迫，乃洞開六窗，以通空氣。

既又遣畢耿白兄弟二人，分往上下二層，盡闢其窗。橋閣三層皆有窗，而下層之窗，獨護以三重之鐵柵，雖洞啓時，人亦無由出入。閣西有一長春古藤，自下而上，蔓延閣屋之周陆，遂繞窗櫺，如魚之被鱗然。黎麥尼視爲無害，亦遂聽之。設置訖，黎麥尼遂偕三人同出橋閣，隨手閉鐵門，且下鍵焉。由是橋塔頓隔絕，所賴以交通者，獨一導火繩耳！是繩始于塔之圓室中，伏行鐵門下，穿穹蓋，下螺旋石階，入衞室之長廊，乃蜿蜒達廠束下之石油豬中。人若於塔中火其繩端，其火力可於一刻鐘內，傳至石油桶中，黎麥尼固已預測定之。既返塔中，見侯爵報告畢，遂獻鐵門之秘鑰，侯爵受而納諸衣囊中。

黎麥尼乃腰繫喇叭，登塔頂平臺，私探敵軍之舉動。是時曉日一輪，已湧現于地平綫上，曈曨四映，萬象昭蘇。其在森林中，則有八列之軍隊，皆持刀負鎗，彈函在背，紀律森然，蓄勇以待；其在高丘上，則有巨炮六尊，炮兵一隊，彈車藥囊，陳列左右；其在堡砦中，則有十九亡命之王黨，亦各奮拳揎袖，或執土銃，或御手鎗，敢死之氣，凜然逼霄漢。斯時無論攻者，守者，強者，弱者，人人胸中，皆雲涌潮上，囂然不靖。而獨有搖牀中之三童子，則泰然酣臥於積薪之上，鼾聲咻咻相答和云。

卷四

卷四

第一章

旭日升矣！童子醒矣！夫童子，乃人類之花也。其睡也如花之合，其醒也如花之開，星眸乍展，恆若有冉冉溫馨，滲漏於醇白之靈魂中，令人挹之不盡。

其先醒者，乃爲女童，卽三童中之最幼，五月間猶哺乳，所稱爲饒善德者也。此時乃轉側搖牀中，徐舉其小首，張兩目視己足，若甚驚其創獲者。口中則呀呀然作學語聲。曉光縷縷，直射其足，搖牀中乃姚治奪目。

其姚冶之由來，爲足乎？爲曉光乎？人亦莫能辨之。

其兩童則仍酣然熟睡，一任饒善德之咿唔其旁，瞢然無覺。若望最壯健，坦腹仰天而臥，張兩拳遮其目，望之有力士風；阿蘭則伸其兩股出牀外，爲狀至恬適。

三童衣皆襤褸，卽昔時赤幘隊所給予者，歷久乃失其衣形，成破片矣。兩童幾裸，惟饒善德尙披一百衲之裙。蓋彼等自蘭朋莊離其母懷，度林越壑，間關至此，顧復而將護之者，僅賴此獰惡之鄉兵，饑則食之，渴則飮之而已，誰復爲之縫紉補苴耶！然被體之外飾，去之愈淨，而眞體之光明乃愈彌滿，人不覺其魑魅，但覺爲嫵媚耳。

饒善德之學語，嚶嚀如鳥鳴，顧鳥鳴恆含樂趣，而人語則爲憂患之根。今日嬌囀於搖牀中者，明日或且絕音於墓窟，脫饒善德早知之，將立撟其舌，不爲此不祥之聲矣。然此時饒善德則胡知者，覩其面則微笑也，其口則微笑也，其兩靨則微笑也，卽此微笑之中，足知其無滓之嬰魂，固深信造物之慈愛，陽光以煦我，長林茂草以育我，雕牆畫棟以護我，固安然於不識不知之天然中，無憂無懼。

饒善德微笑時，阿兄若望乃亦瞿然醒。若望已四齡矣，非如饒善德之荏弱。其下搖牀，乃距躍而出，見湯碟，立取之，踞地上以木杓送諸口中，狂嚼不已。

饒善德之呀呀，不足以驚醒阿蘭，而若望之杓碟相觸聲，乃立啓其惓眼。阿蘭弱若望一歲，驍健乃遠遜之，見湯碟，憚於下牀，僅伸臂取之，置膝上，以口就杓食之。

饒善德此時，則絕不問兩兄之何所作，惟力張其兩目，仰視頭上之穹蓋。夫謂爲穹蓋，吾人意中則然，在童子目下，或且認爲蒼蒼之天。

未幾若望食旣，乃以杓叩其碟，爲聲鏗然。岸然自喜曰：「我已飽食矣。」若望爲此言，乃使饒善德驚悟，立回其視天之眼，視兩兄，見若望已食竟而嬉，阿蘭則食興方濃，於是微呼曰：「波波！」（小兒親愛之呼聲。）亦徐摸其牀畔之湯碟，顧不知用杓，僅以手指亂握，羹汁淋漓，塗其面耳幾遍。斯時阿蘭亦食畢矣，効其兄叩碟作聲，叩已，卽隨若望後，跳躍而去。

兩小兒方競走樓中，作食後之運動，忽聞樓下林中，飛來一喇叭聲，林中之喇叭甫止，而塔上之喇叭聲繼作。如是者兩次，林中卽有人高呼曰：「叛徒聽之！脫於日沒前，汝曹猶不降者，我卽施攻。」塔頂平臺上一人答曰：「汝欲攻則攻，何喋喋爲。」

是種語音，雖不能遠達童子之耳；而兩番喇叭聲，則固聞之至晰。其第一聲卽驚饒善德，立昂其首；第二聲遂輟食聽之，且頻頻伸屈其小食指，若按拍然。口中則喞噥曰：「妙！妙！西克。」蓋其意欲言密西克而諧其音。（密西克譯言音樂。）

若望阿蘭，乃絕不留意於喇叭，顧彼等別有留意之事在，則其時適有一地鱉疾走於書櫃下也。阿蘭先見之，呼其兄曰：「嘻！一蟲。」若望奔就之，阿蘭曰：「愼之，蟲將螫汝。」若望曰：「不加害於彼，不我螫也。」言時，地鱉已行至窗口，兩小兒乃倚窗而蹲，首相觸，致交其髮，屏息靜觀之，若惟恐其逸去者。

饒善德瞥見兩兄聚觀一物，厥狀至愉樂，乃發願亦欲往觀之。顧自搖床至窗口，爲程窵遠而險阻。縱橫地上者，類多欹足之椅，巨捆之紙，脫釘之空箱，在饒善德視之，不翅羣島之森峙海中；第饒善德欲往之志至堅，視此竟若無睹，仍冒險首途。出搖床，其第一步也；繼乃越暗礁，繞危峽，推去障路之破椅，匍行兩箱間，遂登紙捆之巔。其登也以力攀，其下也則旋轉如球落，落處適當平曠，一望無際，饒善德大樂，一時四肢並

進　伏地如猫行，直竄至窗旁。不意近窗忽又遇一大障礙物，即橫臥牆下之巨梯也。梯至長，室內不足容，其端攔入窗口，遂橫隔饒善德與其兩兄，如突出之海岬然。饒善德至此，駐足似沉思，既忽得策，立伸其小手，堅握梯級，然後試以足踐梯匡，初踐足力不均，滑而蹉跌者再；第一次方立定，依梯之各級橫行而進，竟達梯端，迨梯端現而若望阿蘭之面亦現矣。饒善德乃轉過梯角處，向二人輾然而笑。

其時若望方一意考察地鱉，忽若有得，意頗自矜。舉首言曰：「此乃一牝蟲也。」舉首時不意適睹饒善德之笑，於是若望亦笑，阿蘭見若望笑，亦隨之而笑。

於此一笑中，若望，阿蘭皆前逆饒善德，共扶掖之，相與席地團坐，不暇顧地鱉矣。而地鱉亦於此時乘機而逸。

地鱉既逸，忽有一雙飛燕，翺翔而來。是燕之巢，適營於樓檐下，乍略人影，不敢遽歸，亦不忍遽去，乃盤旋空中作呢喃聲。此聲驚三童，一時皆仰面而觀。饒善德翹其食指，向飛燕曰：「古古！」（西人小兒呼雞之聲。）若望急正容訓之曰：「令孃誤矣！此非古古，乃鳥也。」

三童方注視飛燕，愛翫不置；而耳畔又聞嗡嗡聲，視之乃一游蜂。於是立移其視燕者視蜂，不復憶燕矣。

天下不可方物者，惟人之靈魂；顧蜂乃絕肖之。靈魂能遍歷星界，由此星渡彼星；蜂則能周游花國，由此花達彼花。靈魂能發光明，而蜂則能釀甘蜜。故蜂者，乃靈魂之現形也。

覩其嗡嗡而入，爲聲頗高，意若告人曰：「我至矣！我至矣！我本爲花來，今乃見童子，童子亦花也。」

時則三童之目，隨蜂而動；初則見其徘徊屋隅，繼乃往來書櫃，終遂飛越櫃槅之玻璃；游歷既遍，乃翩然遄返，歸息牆角之蜂窠中。若望恍然曰：「彼乃有家，今特言歸耳！」阿蘭曰：「是亦一蟲也。」若望曰：「不然，是名暮蠍。」（即蠅也。譯法語之音。）饒善德即學兄語，呼妙蠍不止。（稱妙蠍者乃音譌。）阿蘭既不見暮蠍，顧不甘安居，乃俯索地上，忽得一條綆，綆之中有巨結，堅執其端，巨結乃旋轉如風車。阿蘭且執且玩其轉勢，詫爲奇觀，不忍釋。饒善德則獸行地板上，任意往來，遇一繡箔之安樂椅，繡箔經蟲蝕，皆成小孔，椅腹之毛絮，穿孔而出，大類坼土之莩甲。饒善德乃徐以小指擴其孔口，採集各種之毛絮，列置地上，似博物學家之標本。

忽側耳若有所聞，乃立止其採集，高舉一掌示兩兄，意若曰：「汝等聽之！」若望阿蘭皆回首視之。

不意即此回首之一剎那間，樓外忽萬聲洶湧：馬嘶聲，擊鼓聲，車行隆隆聲，刀鎗相觸聲，軍樂答和聲，皆挾天風浩浩聲，猬集而至；蓋林中已實行攻塔之預備矣。是何等可驚可怕之慘劇，而入童子之耳中，則以爲極天下之美聲。若望且聽且鼓其掌，歡呼曰：「是乃慈主作之，以悅吾曹者也。」

第二章

久之，樓外羣籟俱寂，回視小若望，則忽垂首若有所思，全斂其憨笑，作悽戀狀。斯時小腦中果何感觸耶？何所記憶耶？但見其合十向天默禱，櫻唇微動，頻呼阿孃。阿蘭，饒善德，亦同聲和之。大凡小兒之感動力至速；然恆不能持久，其來也如電，其去也如烟，若望思母之心，僅一瞬間耳，旋卽忘之，跳躍如前狀。

阿蘭見若望憂亦憂，見若望躍乃亦躍，事事依阿兄爲模範。饒善德雖弱小，顧亦不甘落後，遂亦竭其綿力，蹣跚而來。於是三童搖頭頓足，共作鸜鵒舞，迴環往復於插架之下，雕像之前。饒善德見雕像，時時回目睨之，若惟恐其猝然來攫者。

若望躍至窗次，方欣欣然翹首外矚，忽疾回其首，掩目而逃，匿於窗洞牆角之後。蓋其時樓下，適有人凝視之，其人卽藍軍之兵士，乘休戰時潛登塹岸，一探閣中情形；不意爲若望瞥見，遂懼而逃。阿蘭見若望逃乃亦逃，蹲其旁。饒善德則藏身兩兄後，皆屏息不敢少動。有頃，若望先探首向外，忽睹其人仍在，急以首面壁，寂然無聲者久之。饒善德年最幼，凡年愈幼者胆愈壯，成人所不敢爲之事，不解事之嬰兒，或毅然爲之。饒善德蜷伏久，乃不耐，竟放胆獨出，出時，塹岸已闃無人矣。於是二童亦躍然起，仍往來戲嬉於書樓中。

阿蘭舉動，雖事事酷摹若望，然彼亦有特性，爲若望所不及者，則善於發見新物也。若望與饒善德方追逐間，忽見阿蘭手牽一四輪小車，由屋隅狂馳而至。車製絕小，僅足載傀儡，以狀卜之，或卽瞿文童時之戲具，棄置於積塵中者，不知其幾何年。阿蘭得之，卽以適所發見之修綆，斷而爲鞭，擊空作策策聲，意氣揚揚然，殆逾於哥倫波之發見美洲。

既會若望饒善德，乃議分享其樂。阿蘭自願爲御者，若望駕車爲馬，饒善德則坐於車內爲乘客。顧御者初不解御術，饒善德登車後，御者凝立不動，馬乃敎之曰：「汝宜呼矣！」卽蹙口效御者聲曰：「吁！吁！」阿蘭乃吁，吁聲發而馬行矣。行未一步，車卽砰然覆於地，饒善德亦仰而踣，張口欲啼。若望急慰之曰：「介孃過長成，小車不能載矣！」饒善德曰：「我已長成耶？」言時，頓斂哭爲笑。

是樓窗下，固有突出之屋櫚，面積至博，飛塵積焉！積久而厚，雨又和之，遂返塵爲土。不知何時，有一棘類之子種，由鳥喙銜來，遺土中；於是萌芽遂長，不數年間，儼然成垂垂之小樹矣。是棘本名狐桑，八月中正其結實之期，紫椹纍纍，懸枝葉間。中有一枝，乃橫斜入窗，抑若特爲此赤足之小公子，來獻其方物者！阿蘭既發見修綆及小車後，忽見此桑，即趨至樹側，摘其椹，狂食之。若望見阿蘭食之甘，亦垂涎奔至曰：「我飢矣。」饒善德則手膝並騖追阿兄，三童爭攀樹枝，隨摘隨食；一時椹漿葉汁，塗抹頤口，或紫或綠，獰惡如野神，三童不禁相顧發噱。

棘固有刺，三童摘椹時，食慾盛，竟未覺之。至是，饒善德乃伸其流血之指，示兩兄曰：「痛！痛！」阿蘭亦被刺，視其刺，若甚懷疑者。曰「此亦一蟲也。」若望笑曰：「是刺也，惡云蟲！」阿蘭曰：「我痛甚，然則刺乃較惡於蟲。」

若望以阿蘭時時發見玩具，心頗妬之，恆思覓得一物，自操其小家督之能力。當與阿蘭論棘刺時，目光已屢射於書櫃之斜楣上，卽聖巴德雷密名籍皮藏處也。

是書發行於一千六百八十二年，爲著名印刷家白羅所刊布：書函以牛筋爲之，紙色潔白如玉，歷久不渝，乃阿剌伯產，非尋常荷蘭紙也。金色柔皮爲背綴，而面頁則砑銀。其書之內容，則搜羅各種畫像及地圖極富，雕銅木刻，無不精妙。卷端首列印刷人製紙人及發行人之保證書，首頁圖像之背面，則附印當時文學家之傑作。裝潢旣壯麗若是，宜其招若望之注目矣。且書卷固展開，其展開處，適爲聖巴德雷密之聖像，懸其被剝之膚革於臂上，血肉淋漓，狀至悲壯，如耶穌之十字架然。若望在下望之，饞目眈眈，幾出火矣。忽饒善德仰面歡呼曰：「人！人！」阿蘭亦瞠顧，若望因饒善德一呼，乃奮然向書櫃來。

近書櫃處，適有一木椅，若望乃力引之，移置斜榻下，即聳身而登。壓小拳於書上，怒目睨聖像，橫裂之，聖巴德雷密之聖體，一瞬間已大半入若望之掌握，惟留一目一臂，猶孤撑於殘葉中耳！若望即以裂下之半體下授饒善德，饒善德拱受之，且觀且躍，樂乃不支。阿蘭呼曰：「與我！與我！」若望曰：「毋譁！我將與汝。」言時，即展第二頁，乃有批評家龐都尼像，亦即裂之，以授阿蘭。其時饒善德方以所得之聖像劈分爲二，既又由二而四，颯颯聲中，聖巴德雷密之聖體，前既嬰剝膚之痛於亞黑尼；不料數百年後，復受肢解之刑於勃蘭峒也。

饒善德既肢解聖巴德雷密，伸其空掌，向若望曰：「再，再有！」若望於聖人及批評家後，又得無數聖巴德雷密之注釋者，其第一圖乃嘉芳狄像也，即擲諸饒善德掌中。

賚與者，人類之無上權也，據有此權者，恆矜而吝。若望則廓然概然，惟求饜阿蘭饒善德之慾，而己無與。阿蘭饒善德，咸頌阿兄處事至公，不知即此至公之頌聲中，諸注釋家之被蹂躪者，遂無孑遺矣。

此時若望兩手，兔起鶻落，爲狀至倥傯，悉索卷中之圖像盡裂之。授畢約丹都士丹羅培的諸像於饒善德，授史丹梯高納黎亞孟特諸像於阿蘭，印刷人製紙人之保證書，則阿蘭得之，諸文學家之傑作，則饒善德得之。畫像既罄，乃及地圖，若望亦一一支配，如王者之分茅裂土，封其諸昆；於是分阿蘭以雷刁賓，分饒善德以黎高尼，聖巴德雷密名籍之精華，至是乃蕩然盡矣。

若望忽嚙齒作齟齬狀，堅植其兩踝，奮如栗之拳狂擊，此四摺八葉之巨帙，脫出於斜楅外。始僅震盪，繼乃傾跌，終則砰然直下落地坪上，如劈空之巨雷。阿蘭饒善德睹狀，皆驚絕欲暈，幸下墜時未壓其身，否則虀粉矣。

若望既推倒此聖籍，乃立下木椅，與弟妹會，相與攜手屏息，距墜地之聖籍遙立。觀其失敗狀，雖驚魂未定，而爲狀至愉快。

有頃，阿蘭見聖籍寂然橫臥，乃試前以足蹴之，不動，饒善德蹴之，亦不動。若望曰：「汝曹試覩我能。」乃奮力以足指抵之，聖籍立踣，易橫臥爲平臥矣。於是若望躍，阿蘭舞，饒善德嘻嘻而笑。或裂其插畫，或破其襯頁，或拆背綴，或拔聯釘，或瓜分其金皮，或豆剖其銀面，時而手，時而足，時而爪，時而齒：嬌癡之三孤兒，忽變爲獰惡之三凶神，襲殺此創立新約之聖人於無備。（原文如是，聖巴德雷密是否爲創立新約全書者待考。）

此乃非常之虐殺也。凡歷史聖經，學問之源泉，靈祕之橐鑰，上古下今之宗教，悉於此數分鐘間，摧陷而廓清之，是何等偉大之改革；而尸其功者，乃在無知無識之三童。

時則至尊無上之聖經，已成一堆亂紙，紛散於地上。若望蹶然起，狂鼓其掌，以示凱旋意，阿蘭和之。饒善德則俯拾殘頁，復撕割之，爬行至窗次，攀窗櫺，揚簸於窗外。若望阿蘭，亦踴躍助之，隨拾隨裂隨簸揚，一時全書之阿剌伯紙，紛紛飛舞天空中，彌望如雪花。饒善德呼曰：「蝶！蝶！」張其小腕欲撲之。

一場慘殺收場，日已亭午，時則炎威方盛，萬物朦朧，咸含倦態。饒善德乃先錫其目，若望立向搖牀中，曳草囊至窗下，縱橫鋪之曰：「吾曹宜眠矣。」語畢，即倒地坦腹臥。阿蘭以首枕若望，饒善德則枕阿蘭，三童皆酣然入黑甜中。

維時萬木無聲，四野恬靜，抑若造化慈悲，特斂其呼吸，以護三兒之好夢者。既而晚霞遙映，駸駸日御，漸稅駕於崦嵫。忽電光一道，飛出森林中，旋聞一隆隆聲，搖撼山谷，蓋炮聲也。此聲乃驚醒饒善德，微翹其首，蹙口效其音曰：「砰！」砲聲既過，羣籟復寂，饒善德乃復枕阿蘭，鼾聲呼呼又作矣。

第三章

方三童安睡時，其慈母乃正喘汗狂走於曠野之中，赤日之下，行人遇之者，第遙矚其面，不翅搦其日夜之慘史以詔人；蓋彼固終日不食，終夜無眠，漂泊於無端涯之旅程。

是日之前夕，彼乃宿於野中之破屋。是屋有四繞之壁，洞闢之門，且有豐厚之編茅；顧此編茅，乃不蓋天而席地。彼即臥此編茅上，仰視明星歷歷，穿屋椽而下。假寐少時，即遽然醒，醒時天猶未曉，遂乘此未日出之前，飄然復行。

行抵一邨，東方微白，殘夜之朦朧尙在，然邨人已盡起，或半啓其戶，或探首窗外，咸作張皇狀。蓋其時方有隆隆之輪蹄聲，自遠而至，有以驚擾之也。

邨中有一聖堂，堂前爲廣場。此時廣場上聚無數邨人，咸仰面遙望，見前面高岡上，有一四輪運車，徐徐下，向邨中來。車駕聯鑣之五馬，載一巨物，以蓋布掩之，爲狀至醜怪，十騎士在車前，十騎士在車後，護之而行。騎士皆冠三角帽，肩荷銳形物，似露刃。此時天色猶沉黑，不能辨析之，僅見黑影幢幢，晃漾於迷離曉霧中。

未幾，車已入村，竟向廣場，悄然而過，乃辨明騎士爲憲兵，果皆荷脫鞘之刀，車上蓋布爲黑色。

方運車及騎士經廣場時，佛蘭宣亦適入村，雜立村人中，郎聞一人問曰：「此中何物耶？」一人答曰：「是乃斷頭機。」一人曰：「從何處來？」一人曰：「由扶善來。」曰：「今曷往？」曰：「不知，人言將往巴利尼鄰近之一爵邸。」曰：「往巴利尼乎？」曰：「勿問何往，第不留此便佳。」

是村東西皆高岡，村居中央，勢獨窪下如盤渦。運車初由東來，經一刻鐘後，已出村趨西岡，村人在廣場望之，但見轍迹碾土道，成深溝，馬蹄蹴塵，囂然作旋風，冠羽飛揚，刀光眩耀，如一幀悲慘之幻影圖，高懸曉空中。路轉峯迴，乃倏然而滅。

佛蘭宣在郵中遇此斷頭機時，乃正饒善德在書樓中醒而呼噫，目注其小足時也。

佛蘭宣見此恐怖之運車，固不解爲何物，顧亦不求甚解。運車出村，彼亦出村，適與同道，躡蹤衛兵後，相距僅十數武。有時舉首望見之，不知不覺中，遍體忽生寒慄。佛蘭宣覺步此車後，不甚安，遂避道入扶善林，披荆斬棘而前。

行林中一時許，忽見一鐘樓高聳出樹巔，萬屋渠渠，皆露其鴟脊；蓋林中之一村落也。其時佛蘭宣腹枵甚，亟欲得食，乃向村疾趨，趨至一處，正市廳所在也。

是村已爲共和軍所據，已於其地設軍事郵便矣。方佛蘭宣至時，市廳門前階下，有無數村民團聚，爲狀至騷動，若有非常之事將發現者。階上則植立一軍服之人，肩帶腰鞓，爛然日光中，腰鞓上乃插一絲鞭，足徵其自遠而來，且將去歷各村者，其手中則執一巨幅之告示。其右立一鼓人，其左有一人，捧膠壺巨刷以待；門上露臺中，則市長加三色之博帶於鄉服之上，岸然獨立。

立階上之軍人，乃共和軍之傳宣官也。斯時佛蘭宣已行近階次，即見傳宣官展其告示，高聲朗誦曰：

「法蘭西共和國。」

鼓聲乃鏜然作，階下人羣，亦一時蠢蠢如波浪之搖盪，或揚其幘，或下其帽；蓋當革命時代，地方人民之政見，往往於服裝辨之，帽爲王黨，幘則共和黨也。人聲寂，傳宣官乃復讀曰：

「保安委員會出使委員，今奉保安會之命令，實行國約議會之決案。」

讀至此，第二次之鼓聲又作。旣又讀曰：

「凡負固不降之叛徒，悉置之法律之外。如有隱庇或故縱此項叛徒者，無論何人，一律處死刑。」

人羣中一鄉人私問其鄰曰：「何謂死刑？」其鄰搖首曰：「我何知。」

傳宣官乃揚其告示於空中，又讀曰：

「依二月三十號公布法之第十七條，對於叛徒之處置，授全權於出使委員。本委員今將已置法律外之人名及外號，表示於衆。」

是時衆人皆翹足側耳，候其發聲。

「一冷達男。」

一鄉人低語曰：「此卽殿下，吾曹之領主也。」一時領主領主之聲，沸騰於衆口。

「二黎麥尼。

「三大福倫哥。」

一人曰：「此乃牧師。」一人曰：「然，卽狄爾慕院長先生之外號。」

一冠幘者曰：「彼曾爲沙培爾林之敎正，乃猶惡之叛徒。」

「四柏朗軒。」

一人曰：「此卽號爲王心者，一目人也。」

「五六畢耿白兄弟二人。

「七刁二。

「八米蘭德。」

一少年曰：「勃蘭峒飛梃之專家。」又一少年曰：「然，羅瑞莽林豪會也。」

「九裴狄南。

「十祁那蘇。

「十一顧蓮。

「十二羅宣高。

「十三米山德。

「十四福羅德。

「十五刁奔。

「十六倘丹辰。

「十七蒲丹。

「十八麻士基登。」

一老者曰：「是跛者也。」其伴和之曰：「知之，沙達蘭林之慘殺，即彼爲之。」

「十九狄蒲奇。以上表示之人名，皆叛徒也。如有人擒獲而確證其非誤者，可立殺之。有人隱庇或故縱者，一經發覺，立即捕交軍法裁判所，處死刑，無赦。

「署押，保安委員會出使委員薛慕丹。」

傳宣官讀至此，聲稍止。衆中一鄉人曰：「此亦一牧師也。」一人曰：「彼乃巴利尼之小教正。」一市民曰：「狄爾慕與薛慕丹，皆牧師，乃一爲白，一爲藍。」又一市民曰：「其實皆黑暗耳！」

是時立露台上之市長，乃高揚其三角帽，呼共和萬歲者再。第三次之鼓聲，又隆隆起矣。傳宣官搖手曰：「止！告示未畢也，汝等聽之。此爲告示之末行，乃北海岸遠征軍總司令瞿文之揭示也。」於是衆皆肅然無放聲。傳宣官復讀曰：

「今已實行以上之命令，所表示之十九人，已被圍於都爾基矣，此時若猶有人援助之者，處死罪不貸。」

傳宣官都爾基三字方脫口，羣中忽有一人呼曰：「噫！都爾基乎？」是聲乃婦人之聲，亦卽慈母之聲也。

佛蘭宣混入人叢中，本無人留意及之，及聞都爾基名，忽仰面驚呼；衆乃環視之，見其衣服襤褸，容止憒亂異常人，相與竊竊私語曰：「是或一女叛徒也。」是時羣中有一鄉婦，手攜一筐，筐中滿盛餺飥，趨近佛蘭宣。徵語之曰：「汝勿聲，聲且捕汝。」佛蘭宣聞語，愕視鄉婦，迷惑更甚，陰念吾乃僅言都爾基耳，甯都爾基非吾所應問者耶？一發問而人乃驚異若此。

方佛蘭宣囘皇間，鼓手正狂擂其煞尾之聲，執膠壺者，高揭告示於牆，市長則返市廳，傳宣官亦策騎馳赴他村，階下之村民，皆紛紛轟散。此時惟留一小羣立告示下，相與軒髯抵掌，評論告示上所表示之人物。佛蘭宣徐行向此羣，聞一鄉人言曰：「告示上僅十九人耳！文台之黨魁，漏網者至夥，如賓爾朋藍士渠彭商輩皆無名。」一市民曰：「顧恩先生，棘林之王也，亦未及之。」一人曰：「既無時陶福，亦無沙斐德。」一人曰：「勞宣若郟狄奴，亦在表示之外，裴蘭德蒲誅徽無論矣。」一白髮之老人曰：「愚哉汝曹，第獲冷達男，不啻全黨皆獲，奚必覼舉如點鬼簿。」一少年曰：「顧冷達男今猶未獲也。」老人答曰：「冷達男者，文台之靈魂也。冷達男死，文台乃亦死。」市民曰：「冷達男果何等人物耶？」一人曰：「即吾曹之領主，曾鎗斃吾曹之婦人者。」佛蘭宣聽至此，率爾屬言曰：「此言良確，彼鎗斃之婦人，即我是也。」

佛蘭宣爲此語，乃至奇特，明明爲生人，乃自認爲死者，衆皆驚顧，疑爲女諜，怒目如城環繞之。適持餺飥之鄉婦復來，語之曰：「速去此，毋喋喋取禍。」佛蘭宣曰：「我不爲惡，乃覓吾兒也。」鄉婦爲溫顏向衆人曰：「請諸君毋疑此無罪之貧婦。」且言，且取筐中之餺飥授佛蘭宣。

佛蘭宣入村時，已饑甚，得餺飥，乃狂嚼之，竟不暇稱謝。衆人乃頷首曰：「是婦得食如餓狼，女諜當不若是。」

未幾告示下之衆人漸散，佛蘭宣亦食畢，舉手語鄉婦曰：「謝汝，我已飽食矣，今其語我以都爾基乎？」鄉婦曰：「汝苦詢都爾基何爲？」曰：「我宜赴彼，汝必指我以道。」曰：「是不能，我導汝，乃殺汝也。汝甯狂乎？我觀汝狀至憊，盍至我家少憩爲佳。」佛蘭宣搖手曰：「我不求憩也。」鄉婦微語曰：「彼兩足已搖蕩如鐘錘，猶不求憩，可憐哉貧婦。」

佛蘭宣復哀呼曰：「我非瘋人，亦非女賊。我有三兒，兩男一女，爲人所掠，我已被殺矣，戴麥客救之，并瘉我傷，我由樹穴中來，將往都爾基覓我兒。觀夫人，仁人也，宜推天主之慈悲以助我，請速示我都爾基之去路。」鄉婦怫然曰：「我何知！我何知！脫我知者，我何汝靳！顧都爾基非善地，人無往者。」佛蘭宣曰：「第我乃必往。」言時已奮步行矣。鄉婦目送之曰：「哀哉此婦，赴此長途，乃不裹一宿糧。」追而及之，强納一巨餺飥於佛蘭宣手中，曰：「是足爲汝晚餐矣。」

佛蘭宣坦然受之，不答亦不返顧，向前猛進不已。行出村矣，忽遇三小兒，跣足衣敝衣，跳躍而過，佛蘭宣愕然，駐足凝睇曰：「此乃兩女一男也。」

三小兒見佛蘭宣手中之餺飥，目睒睒作忻慕狀。佛蘭宣立以餺飥擲與之，三見皆驚竄，佛蘭宣亦遂冉冉入深林而沒。

第四章

是日日出後，佛蘭宣行至一處，乃約樊南與巴利尼間之要道也，地名雷姑市。山道凹陷如阱，險峻而繚曲，名爲道，實乃壑也；左右岸叢棘橫生，至便埋伏。佛蘭宣入此道中，日甫亭午，忽見有無數野服之人，出沒密箐中，或荷鎗，或持斧，持斧者則蹲伏於林中之薪場，荷鎗者則羣聚道旁叢棘中，手按搬機，槍尖乃齊向道上，若有所待。卽聞一人低語曰：「彼等果來此乎？」一人曰：「必來，必來。」曰：「豈已過此耶？」

曰：「否，在前途。」曰：「若來此，吾曹不能令其復出。」曰：「焚之乃快。」曰：「吾曹三村之人，悉萃於此，夫亦何懼！」曰：「縱彼等有衞兵。」曰：「吾曹當盡殲之，第恐不由此道來耳！」曰：「彼等從扶善來，至巴利尼，決不能越此，靜待之，毋多言，多言多漏。」

於是衆皆屏息狙伏，俄聞輪聲隆隆，蹄聲得得，衆於林隙窺之，見一長形之大運車，由凹路來，馬隊前後擁護之，車上載一物，爲狀甚長。衆中一人似首領者，先呼曰：「至矣！至矣！」一人曰：「然，與馬隊偕至。」曰：「馬隊若干？」曰：「十二騎。」曰：「我聞彼等以二十騎來，今乃爲十二。」曰：「不問其爲十二，爲二十，盡殺之。」

衆方問答間，運車與馬隊，已饒出路角，迤邐過伏兵前。首領猝然高呼曰：「國王萬歲！」則聞霹靂一聲，千百之槍聲，迸出於交柯密葉中。一時硝烟迷漫，道上昏黑莫辨人影；殆烟散而馬隊亦散矣。七人中彈墜馬死，五人乃竄逸，不知所往。衆鄉人共視運車，見駕車之兩馬已倒斃，御者亦顛。首領訝然曰：「誤矣！是非斷頭機，乃一長梯也。」既而曰：「彼等運一梯，至以馬隊衞之，是必往巴利尼，用以攀登都爾基塔者，吾曹於無意中獲之，此行爲不虛矣。」衆鄉人齊呼曰：「速焚燬之。」乃共舉火焚梯，火光熊熊然，徧燭林中，佛蘭宣乃驚而遁。

佛蘭宣既離此焚梯之鄉人，仍擇樹林深處，蹀躞而趨。雖前路茫茫，無人指引，而彼乃恃靈魂爲導師，盲進無餒。自凌晨至晡時，不知跋涉幾何里，未嘗遇一鄗，覩一屋，或抄小徑，或涉淺溪，不懼亦不倦，迨日影西斜，四山沉黑，草長與人，不辨行徑，佛蘭宣方倀倀無所之，忽見一道白光，閃閃耀林外，乃趨就之，則一小澗也。泉流石上，作戛玉聲，佛蘭宣方渴甚，乃跪澗側，掬飲之，且飲且祈禱，祈禱已，復舉首辨方向。

小澗之對面，有一高邱，短棘蒙茸覆被其上，坂路縈紆，極目天際，森林似巨海，而此高邱乃爲大漠。巨海中或遇帆影，大漠則幷絕飛鳥之蹤。佛蘭宣瞠目四顧，兩膝膠附石上，痙不能起，恐極而呼曰：「此間有一人乎？」

佛蘭宣於荒漠中，發此奇問，固不期有答者，乃忽聞一訇礚之巨聲，迸發於地平線上，蓋砲聲也。此砲聲乃竟答佛蘭宣，意若曰：「人乎？固有之。」

佛蘭宣既聞砲聲，知砲所在，卽人所在，乃勉力起，涉澗而過，攀登高邱，向砲聲來處行。漸行漸高，忽見一巨塔，矗立夕陽中，晚霞迴映，作深紫色。目計之，相距約里許，砲聲出發地，或卽在此；佛蘭宣乃以塔爲指南，直前奔赴之。

第五章

二十四句鐘休戰之期，行滿約矣！劇烈之戰爭，行開幕矣！斯時薛慕丹意中，視冷達男直如網鱗鎩羽，無幸脫理，所當預計者，惟擒獲後處置之法耳！鎗斃乎？斬首乎？薛慕丹固決用斬首也。顧斬之他處，不如斬之於其封地，不如斬之於其封地之爵邸中，尤爲快心而滿志。

斬冷達男，卽斬文台，斬文台乃所以救法蘭西。薛慕丹固毅然自信，無所顧惜，以是特遣人至扶善，運一斷頭機來，卽佛蘭宣遇之途中者是也。

第一之砲聲，發於藍軍中，卽宣告期滿之砲聲也。此砲旣警醒鐃善德於搖牀中，亦卽號召佛蘭宣導之登高邱。顧砲力至猛，一擊卽中第一層碉樓之砲眼，鐵柵立碎。

是時守塔者，方共聚下室中，汲汲籌防具，不暇復顧鐵柵之破損。論其形勢之危迫，不特以十九人抗四千五百人，在勢莫禦；且軍火缺乏，雖長鎗短銃，森立架上，而檢閱子彈，每人射擊達三十次，即告罄矣。故彼等唯一之計劃，惟有引敵入塔之內部，狹路相逢，短兵互接，或能相持於萬一耳。

塔之下室，即缺口處也。冷達男所設防障，適對此缺口，防障後置一長桌，桌上排列各種短銃及刀斧匕首等，通地牢之門則鍵之。下室之上，爲第一層碉樓，設置一如下室。更上乃第二層，即鐵門所在也；此室稱鐵門室，或稱鏡室，以四壁皆嵌小鏡如繁星，故用以爲名。室中固有砲眼，以通日光，更樹一炬於鐵架上，黎麥尼已炷以巨火，即以可恐之導火繩，繞炬之四周。

下室之一隅，更列一几，雜置麵包粉餖果盤酒罇，以便劇鬬時，任意取食。塔中防務，至是已粗備矣。黎麥尼乃登塔頂露台，窺探敵軍之舉動，其時敵軍已漸逼塔下矣。冷達男命衆嚴陣，勿先發鎗，待其入而擊之。曰：「敵衆我寡，外禦無益也，宜內殲之，一入內，即平等矣。」言時，且笑且嘲曰：「此之謂眞平等，眞博愛。」

黎麥尼在塔頂，忽發警號；於是下室中人，紛紛登防障，或立螺旋梯下，皆一手執銃，一手持念珠，寂然無聲，以待敵人之來。

第六章

瞿文軍中，既發砲宣告約滿，乃下最後之號令，令薛慕丹歸高丘守地，苟桑巡哨林中，已則率精銳攻缺口。在瞿文之意，高丘及林中之砲隊，脫非敵人突圍竄逸，決不甘以無情之烈焰，輕試其故居。其注意處，乃專在缺口，故躬自當之。

日西落矣，部署粗定，瞿文尚徘徊塔下，俯首作沉思。忽見其副將苟桑距彼數武，手執遠鏡，向巴利尼平原，頻頻眺望，旣而呼曰：「嘻！來矣！」此呼聲乃驚瞿文若夢醒，問曰：「汝何事者？」苟桑曰：「吾曹今乃有一梯。」曰：「救命梯乎？」曰：「然。」瞿文訝然曰：「異哉，甯約樊南村之專使，本未覓得耶？」曰：「否，專使返營久矣。彼於村中木肆中，已覓得如式之巨梯，載以運車，且以十二騎士護之，已首途矣；彼則馳驛先歸，報告將軍，甯忘之耶？」曰：「我憶之，彼不言於凌晨兩句鐘啓程，日沒前必抵此耶？」曰：「然，今已日沒矣！運車乃尙未至。」曰：「時迫矣！吾曹宜進攻，不攻，敵且弱我，顧運車不至，奈何？」

曰：「將軍毋慮，吾曹可以攻矣。」曰：「無救命梯，惡能猛攻？」曰：「有之。」曰：「然則安在？」曰：「我頃者狂呼驚將軍，蓋卽爲此。我以運車不至，竊憂之，頻以遠鏡遙察巴利尼之官道，卽見一長形之四輪車，偕一羣之衞隊，疾驅下高岡，將軍不信，請自察之。」且言且以遠鏡授瞿文觀之。瞿文曰：「汝言良確，第衞騎至夥，似不止十二人。」荀桑曰：「我見亦然。」曰：「相距不過里許耳。」曰：「在一刻鐘內必抵此。」曰：「苟救命梯來，吾曹可進攻矣。」

此時巴利尼官道上，確有一運車，迤邐而至，然殊非彼等意中所想望者，蓋長梯已爲鄉人所焚，在理惡能復來，然瞿文不知也，猶瞢然跂盼。偶一回首，瞥見一人，植立其後，俯首行軍禮，狀至懇恪，視之，乃軍曹賴杜伯也。瞿文呼曰：「賴杜伯，汝何爲？」賴杜伯曰：「赤幘隊之健兒，今欲乞恩於將軍。」曰：「何事乞恩？」曰：「請將軍速殺吾曹耳！」瞿文愕然曰：「噫！汝言何謂？」賴杜伯曰：「陶耳之役，蒙將軍拔識，感乃刺骨，效死弗悔。今十二人皆裸刃以待指揮，將軍忍棄之不用乎？不用毋甯死。」瞿文曰：「我以汝曹爲後備隊。」賴杜伯奮然曰：「甯前驅。」曰：「汝胡躁卞乃爾，，我將留以有待。」賴杜伯鬪語，面赤，鬚髯戟張曰：「吾曹惡能待，將軍知之乎？此塔中有三甯馨，乃吾曹卵育之愛子也。有惡魔名黎麥尼者，竟敢威逼之，置之積薪之上，我前日曾登丘遙望，猶見此三小兒愍嬉書樓中，不知燔炙之隨其後也。吾曹惡能堪此慘毒，不一施救乎？十二人已共誓諸自由神之前，脫不救此三小兒，皆赴敵死，不願一人生還。」

瞿文肅然，執賴杜伯之手曰：「汝眞壯士哉！我必令汝預攻塔之役，分汝隊爲二，汝率五人爲前茅，使衆知奮進，以六人爲後勁，使衆毋退，汝意何如？」賴杜伯懽躍曰：「謝將軍，我今得爲前驅矣。」立向瞿文行一軍禮而退。

賴杜伯既退，瞿文乃出衣囊中時計觀之。微語曰：「時至矣！」旋向荀桑耳畔作數言。一時塔下備攻之軍隊，皆整列歸伍，秩然作赴敵狀矣。

第七章

前章言瞿文介薛慕丹歸高丘守地，顧薛慕丹迄未往，仍往來瞿文軍中，此時忽行至一喇叭手旁，詔之曰：「速爲我吹之。」喇叭乃應聲作，塔上喇叭亦立答。瞿文頗驚異之，顧荀桑曰：「薛慕丹意欲何爲？」荀桑未及答，薛慕丹已趨近塔下，揚巾高呼曰：「塔中人識我乎？」塔上黎婆尼答曰：「識之。」曰：「我乃共和政府之使者。」曰：「汝爲巴利尼之小教正。」曰：「亦卽保安會之委員。」曰：「汝一牧師耳！」曰：「法律之代表。」曰：「背教之惡徒。」曰：「我名薛慕丹。」曰：「汝乃魔鬼。」曰：「汝知我乎？」曰：「吾曹恨汝。」曰：「然則汝曹能獲我，於意當至快也。」曰：「吾曹固願擲十九人之頭顱，以易汝之頭顱。」曰：「僅此乎，事卽易了，我來無他，卽獻身於汝等耳！」黎麥尼狂笑曰：「來！速來！」

黎麥尼笑聲甫斂，薛慕丹徐言曰：「第有一約言。」黎麥尼曰：「何約？」曰：「汝曹非恨我乎？」曰：「然。」曰：「我則愛汝，我與汝同母法蘭西，兄弟也。汝既迷於正道，我爲先覺，在義宜以光明導汝。汝不知此革命爲何事乎？然終或知之，卽汝不及知，汝之子若孫當知之。汝抗革命，不啻抗其天良。汝恨我，不啻致恨于天主。汝實可憐，人孰恤汝，顧我不忍汝曹之終陷於黑暗也，願獻我首，以救汝靈魂。我言之，我必踐之，我爲公民，亦爲牧師，公民宜戰汝，牧師宜救汝。汝聽之，一場慘劇，行開幕矣！兟兟健兒，不復睹明日之太陽者，不知凡幾；即汝曹附逆之徒，亦終不免於一死，其實甚無謂也，第殺兩人足矣；奚必耗多數之生命，流此無益之血哉！」黎麥尼曰：「兩人乎？」曰：「然，僅兩人耳。」曰：「兩人爲誰？」曰：「冷達男與我也。吾曹恨冷達男，汝曹則恨我，我今自獻於汝，汝則以冷達男付我，我得冷達男，當處以斬刑，汝曹以何刑處我，惟所欲。」黎麥尼獰笑曰：「脫吾曹獲汝，當以薪火徐徐燔之。」曰：「我固願之，汝等果諾此，一句鐘內，皆可自由出塔矣。」

塔上陡聞鼓掌聲，且笑且言曰：「汝不特惡魔，且風漢也。汝欲以此亂我軍心乎？欲吾等付汝以殿下乎？」曰：「然，彼之頭顱，我則……」黎麥尼不待其辭畢，接言曰：「汝之皮革。顧我剝汝皮，如剝一狗，賤皮惡足易貴人首，速去，毋溷乃公。」曰：「汝毋固，固將及難，汝其圖之。」

兩人問答間，天已昏黑，彼此面目，皆莫能辨；顧爲聲乃至高，不特塔外衆人聞之，卽塔內侯爵，亦聆之至晰，乃屹然不爲動，一任黎麥尼對付之。忽聞黎麥尼抗呼曰：「攻我者聽之，吾曹有夙約在，還汝三童，汝則予全塔之人以自由，汝能履行此約否？」曰：「能，第除一人可耳！」曰：「何人？」曰：「冷達男。」曰：「殿下乎？以殿下付汝耶？不能！萬不能！」曰：「然則兩約皆無効，吾曹將攻汝。」曰：「欲攻則攻，曉曉胡爲。」

黎麥尼語畢，卽吹喇叭作警號，旋下塔頂露台，入下室中。時侯爵已手劍立，十八人皆依次伏防障後，卽隱隱聞千百之足聲，徐徐向暗塔而來；未幾，乃近缺口，一時防障後，長鎗短銃，齊出砲眼中。狄爾慕院長，右手執刀，左手持十字架，高呼曰：「賴聖父之靈，殲此羣魔。」禱祝未已，卽聞砉然一聲，衆鎗乃同時並發矣。

第八章

防障上槍聲甫發，瞿文已率精銳，由缺口猛撲而進，發槍還擊。一時下室中，萬雷齊震，烟焰漫空，雖塔牆上懸有炬火，亦莫辨此不通空氣之黑幕中，演何悲劇；但聞在下則瞿文呼戰聲，在上則冷達男厲衆聲，黎麥尼罵敵聲，刀斧相觸聲，木石爆裂聲。凡塔外之人，入此室者，靡不立成聾瞽，聾以聲震，瞽以烟迷。遇踣屍，則踐而過之，逢傷人，或且殊其未斷之肢，發臨命之慘聲，然前仆後繼，絕無一人退縮者。塔中血瀦成池，至不能容，乃由缺口溢出於塔外，分流草木間，澌澌作聲。

塔下室，固不通空氣之室也。凡空氣不能入者，聲浪亦不能出，故此時塔中雖喧豗萬狀，塔外乃殊無所聞。繞塔之周圍，前望平原，後眺森林，皆夜色沉黑，悄然幽寂；蓋塔中似地獄，而塔外則墳墓也。以是書樓上無知之三童，遂得酣眠於此墳墓之中。

俄而攻勢益劇，攻者之死傷亦益多，而凹角形之防障，則仍兀然不動。瞿文知不可以驟破也，約隊徐近至缺口中，方欲發令，忽於彈火光中，瞥見一人立其側，則薛慕丹也。瞿文驚曰：「吾師何緣至此？」薛慕丹曰：「我來省汝。」曰：「汝求死耶？」曰：「然則汝非求死乎？」曰：「我分當在此，師則否。」曰：「汝既在此，我義不能離汝。」曰：「否！否！吾師。」曰：「我兒，我實愛汝。」薛慕丹遂留瞿文側不去。

是時防障雖據形便，以暗攻明，不翅以一當十，被殺之攻者，積屍累累塞下室；顧以大勢言之，最後之勝利，仍屬攻者，蓋攻者有增無已，而守者則一減不能增也。

十九人中，其時已死三人，傷一人，健全能戰之士，僅十五人耳。所傷之人，即衆中最驍猛之倘丹扆，一目中彈，睛出，下頦垂脫，乃裹血攀螺旋梯，登第一層樓，冀得祈禱而死。既達，倚砲眼前，向空而喘。

薛慕丹立防障前，睹此慘狀，乃高呼曰：「守者聽之，吾曹以四千五百人，攻汝十九人，不啻以百人攻一人也，不降必死。速降！速降！奚必流此無益之血乎！」冷達男呼曰：「吾曹速殲此妖言人。」言未畢，彈雨下集薛慕丹，薛慕丹乃走匿。

防障雖高，顧不及屋頂，守者藉以外窺，而攻者亦可藉以攀登。瞿文瞥見之，立呼曰：「孰願攀登此防障者？」賴杜伯挺身應曰：「我也。」

初進缺口時，賴杜伯固率其赤幘隊五人，首犯防障，死四人矣，玆乃慨然以攀登自任。賴杜伯夙以敢死著，人皆拭目觀之，忽見其絕不前進，反向後奔，匍行積屍間，出缺口而去；既至缺口外，先拭目去烟翳，仰面察塔壁，既即頷首作得意狀曰：「不誤！不誤！」

蓋賴杜伯於入塔時，即見缺口上之塔壁，有破裂數處，凹可容足，可由此攀登第一層之砲眼，即宜告砲擊毀鐵柵處：鐵杆已折其二，能容一人出入而有餘。

賴杜伯仰視第一層，距地之高，約四十邁當，脫攀登時半道而顛，必無倖。然賴杜伯勇者也，危境當前，乃益增其胆力，立置其荷鎗于地，脫帽解衣，插兩手槍於褲帶間，口銜一刀，奮身抱塔壁，猱升而上，狀至慓捷。愈升愈高，行近砲眼矣，容足處乃愈險逼，槍鼻時時阻礙之 因念此時碉樓中，幸無一人，否則危矣。

倏忽間，已達砲眼之斜櫚下，望見兩鐵杆雖已毀折，顧根株猶植立。賴杜伯乃用力上竄，以兩手各執其一，渺然一身，竟孤懸於千仞之上，危櫚之下。

方欲蓄力躍入樓中，忽見砲眼黑影中，突現一可怕之人面：目眦須裂，血污淋漓，如戴一赤面具，此面具上，乃僅著一目，凶光爛然，直射其身，猝伸兩手出砲眼，一手拔其帶上之兩手鎗，一手奪其口中之刀。此面具，此手，蓋卽受傷之倘丹辰也。彼自登樓後，常倚砲眼側吸受空气，以蘇劇痛，創血甫凝，氣力亦稍稍回復矣；忽睹賴杜伯懸身砲眼前，彼乃罄其護身之武器悉奪之。

此時賴杜伯已成爲徒手之人，兩膝滑達斜檐上，兩手堅握垂斷之鐵杆，脫倘丹辰發一彈擊之，靡不立墜。幸倘丹辰以一手握兩槍，不能撥機，奮力以刀斫之，中賴杜伯肩，肩傷未及骨，痛劇，乃狂躍，卽此一躍中，賴杜伯已達樓中，與尙丹辰相對而立。尙丹辰立棄刀，兩手各執一鎗，跼擬賴杜伯，顧力弱手震，不能卽發。賴杜伯狂笑呼曰：「汝欲以浴血之鬼臉嚇我耶？汝已受傷，我不屑敵汝，任汝擊我一次。」言未畢，一彈已飛至，拂首而過，破一耳。尙丹辰起立，又伸一手，將發第二鎗，賴杜伯怒曰：「汝傷我二次，猶未饜耶？」突前拗其肘，彈乃空發，力擘其垂脫之下頦，如裂帛然，血潮岔湧，尙丹辰乃暈絕於地。

賴杜伯乃跨血泊而過，顧尙丹辰曰：「村夫，我今無暇殺汝，第勿動勿聲，地坪至廣，任汝伸脚而眠，否則無倖。」言次，卽向室中行，室中昏黑如地獄，雖目光銳利如賴杜伯，亦與瞽者等。忽聞尙丹辰肢體痙動，口中磔格作慘吼，乃反身視之曰：「禁聲！我不殊汝命，汝乃撩我耶？」且視且以手自摩其髮，躊躇曰：「我今徒手至此，將何作耶？可恨惡奴，乃耗我兩彈。」無意中，手適觸耳創，痛劇，猝呼曰：「唏！」

其時下室中戰聲正狂，賴杜伯方側耳聽之。足踐墜刀，聲乃鏘然，遂俯拾之曰：「此胡益我事，我今所急需者，乃手鎗也。無之奈何？」於是摸索暗中，辨方而進。忽睹室中心圓柱後，設一長桌，桌上有物，閃閃作光，似黑夜之明星，急以手探之，乃各種之銃也。有闊口銃，有霰彈銃，有手鎗，皆飽貯藥彈，整列以待取用，是即守者留備第二次之防具，直一武庫也。賴杜伯狂躍就之曰：「我計遂矣。」

甫近桌畔，不意此上通第二層下達下室之螺旋梯，亦豁然呈露。梯門未鍵，本以便守者之上下，此時不啻爲賴杜伯開其進攻之路。賴杜伯乃立置其刀，先取兩手鎗，兩手分執之，向梯下同時幷擊，既又取霰彈銃，擊如前，霰彈銃後，則繼以闊口銃；闊口銃一發能出十五彈，聲勢不減整隊之排鎗。賴杜伯立梯次，狂呼巴黎萬歲者再。

下室防障中，受此意外之襲擊，幾如霹靂從天而降，驚擾不可言喻。

中彈死者兩人，一爲畢耿白，一郎刁二。冷達男呼曰：「敵占我上層矣。」

霎時間，守者紛紛棄防障，趨螺旋梯。冷達男殿諸逃人後，復呼曰：「速避！登第二層。」

賴杜伯方伏第一層梯次，手按銃機伺逃人。砰然一聲，先行者皆飲彈顚，冷達男幸後，不畏死，乃適免於死。

賴杜伯既發此銃，乃入室易新銃，諸逃人乘其未出時，竭力上竄。冷達男仍居諸人後，徐徐越第一層。達第二層，卽鏡室也，鐵門所在也，導火繩繞鐵炬處也；此處既無武器，亦無防障，入此者非降卽死耳！

瞿文聞鎗聲由上而下，亦不解此意外之援軍，何自而來，見防障立時散亂，彼遂乘勢速逐，直至第一層樓，乃遇賴杜伯于梯次。賴杜伯曰：「我以數分鐘內，成此奇功，顧此功我不敢居，宜歸將軍。」瞿文曰：「何也？」曰：「陶耳之役，置敵於兩火之中，將軍詔我矣，我乃學步爲之。」瞿文微笑曰：「佳哉學生。」

瞿文於黑暗中望見賴杜伯血汚被面。慰之曰：「我友，汝傷乎？」賴杜伯曰：「毋廑將軍慮，肩與耳微破耳！安足言傷，且血非我血也。」衆人乃暫憩一層樓中，薛慕丹亦來會，共議進攻之策。其時瞿文等實皆未審塔中虛實，以爲攻二層樓，或更難於下室，攻下室時，死傷過多，此次不能不審愼出之。况敵人蜷伏上層，在勢正如入籠之鳥，投機之鼠，萬不能脫，奚汲汲爲！

正商議間，賴杜伯忽由暗中出，高呼曰：「將軍。」瞿文曰：「賴杜伯，呼我何爲？」曰：「我求將軍行賞。」曰：「汝欲何賞？」曰：「賞我先登。」瞿文頷首曰：「可。」

第九章

方第一層中聚議進攻時，第二層中，亦議守禦。壁間黎麥尼所設之火炬，爲光爛然耀室中，知武器已蕩然無存矣。惟一之計畫，在阻敵人之進路，或能稍延殘喘，顧鍵門無益，不如搴梯；搴梯用何物乎？幸是室中有無數樫木之衣箱，至堅且巨，置鐵壁下，乃共曳出，移置梯門下，層累而肩列之，僅於穹頂留微隙，容一人匍越，脫敵人有冒險乘隙者，可於隙中逐一殺之。

彼等乘敵人休憩下層時，一一設置周密，然彼等此時僅存七人。除冷達男及黎麥尼二人健全外，如顧蓮，如郤那蘇，如裴狄南，如羅宣高，皆負重傷，餘十二人則死矣。武器缺乏，藥彈已罄，每人各持一手鎗，已空其三，有彈者僅四鎗耳。

時則聞革履聲橐橐然，鎗柄相觸鏘鏘然，攻者拾級而登矣。七人面面相覷，事至於此，實已遁無可遁：欲趣橋閣，則高丘上有六尊巨砲，燃火繩以待；欲登最高層，則置身千仞之上，惡能飛越而下；十五呎堅厚之塔壁，昔特以保衛我者，今乃禁錮我，雖暫未捕縶，實與囚虜無異。侯爵乃呼曰：「我友，大事去矣！」既又謂狄爾慕曰：「汝今軍人之事已畢，當復汝牧師之本分，爲吾曹祈禱。」衆人聞語，皆手持念珠，羅跪於地。其時梯次人聲，益洶洶上逼矣。

狄爾慕腦蓋，已中彈而裂，血塗滿面，以右手高舉十字架，侯爵乃跽架前。狄爾慕曰：「各人皆高聲自懺其罪於聖父前，殿下宜先。」侯爵答曰：「我犯殺戒。」黎麥尼曰：「我犯殺戒。」顧蓮，郇邢蘇，裴狄南，羅宜高亦同聲呼曰：「我等皆犯殺戒。」狄爾慕曰：「聖父已恕汝，許汝曹靈魂，平安離此濁世。」侯爵起立曰：「吾曹今可死矣。」黎麥尼曰：「吾曹今可復殺。」

當是時，塞梯之櫟木箱，兀兀搖震，敵已至矣。狄爾慕呼曰：「此時當一心念天主，地上無汝曹事矣。」侯爵曰：「然，吾曹已入墳墓中。」於是衆皆俯首自捶其胸，目盡注地，獨侯爵與牧師植立，牧師祈禱，衆人亦祈禱，侯爵則不祈禱而沉思。梯邓木箱，震乃愈厲，如有大鎚猛擊者。

衆方屏息待擒間，忽聞一至高之聲浪，發於彼等之後。呼曰：「殿下，昔者不信我言，今何如者？」衆人聞此意外之聲，皆回首愕視。忽見厚壁上已開一洞，一石如門，上下皆有環頭釘如樞軸然，能旋轉　平時與壁石接合，爲塗堊所掩，不露微跡。石既旋開，左右兩狹口，砉然軒露，足容一人出入，石門之內，螺旋梯在焉！此時忽見一微笑之人面，出現於石門之狹口中。

第十章

出現於石門中者，非他人，乃哈孟六也。侯爵愕顧之曰：「汝乎？」哈孟六曰：「然。殿下見此旋轉之石乎？我由此入，殿下輩亦可由此出，我至幸未晚，此時即行，十分鐘內，達林中矣。」狄爾慕立舉十字架，祝曰：「大哉慈主。」衆人齊呼曰：「殿下！速逃。」侯爵曰：「汝曹宜先行。」狄爾慕曰：「首領安可殿。」侯爵曰：「是豈崇讓之時，讓且失機。且汝曹皆創，我命汝逃則逃耳！速入此石口行，毋多言。」顧哈孟六曰：「謝汝，非汝，我曹死矣。」狄爾慕曰：「然則吾曹宜分道行乎？」

侯爵曰：「固也，亡人胡可偶行。」曰：「會何地乎？請殿下先示之。」曰：「石瞿文林之空地中，汝曹知之乎？」曰：「知之。」曰：「明日晌午，我當至彼，汝曹來會，共圖再舉可耳！」是時哈孟六方立石門前，審視旋石，已屹然不能復動，知此門不可閉矣。乃呼曰：「殿下速行。今已啓之旋石，忽固定不動矣，我僅知啓之，閉則不能。」

衆人聞語，共前試之，果如哈孟六言，旋石忽成死石矣。哈孟六曰：「我初意欲侯塔中人逃出後，復閉此石，俾藍軍入此，不睹一人，吾曹幾如化烟而去，不留迹兆　今石乃不我許矣。留此洞口，將啓敵以追路，速行！速或可倖脫也。」

黎麥尼以手按哈孟六肩，問曰：「吾友，由此過秘密道入林中，耗時幾何？」哈孟六曰：「無受重傷之人乎？」衆人皆曰：「無之。」曰：「如是則一刻鐘足矣。」黎麥尼曰：「敵人於一刻鐘外入此，即無妨乎？」

曰：「一刻鐘外，雖追亦無及。」侯爵曰：「然今恃以阻敵者，僅數具之樫木箱，惡能持久，汝等不聞鎚聲隆隆如雷劈，五分鐘內必破矣，孰能留此拒敵，延一刻鐘之久乎？」黎麥尼慨然曰：「我能之。」侯爵曰：「高伯倫，汝留此乎？」黎麥尼曰：「然，殿下知六人中，五人皆傷乎？我則未流涓滴血也。」侯爵曰：「我亦如汝。」曰：「殿下乃首領，我則兵也，兵與首領不同。」曰：「我亦知之，我兩人各有不同之責任。」曰：「否，我與汝有同一之責任，責任維何？救王黨之首領也。」言次，顧衆人曰：「吾友聽之，今欲遲敵之來，以免追擊，非留一人於此不可，此事我願任之。我未受傷，較汝等爲強，汝等速行，武器悉留以予我，我將抗以尼敵，竭我力，當能逾兩刻鐘。有彈之手鎗，今存幾何乎？」曰：「四枚。」曰：「置之地上也可。」衆人乃依言，各釋手鎗，皆與黎麥尼握手致感謝意。侯爵曰：「吾友暫別。」黎麥尼乾笑曰：「否，恐與殿下無相見期矣。」

衆人於是陸續入洞口狹梯中，偏重者在先，輕者次之。衆人降梯時，侯爵在衣囊中出鉛筆一，書數字於不動之旋石上。甫寫畢，哈孟六呼曰：「殿下宜行矣！」哈孟六遂下，侯爵隨之而下，二層樓室中，遂獨留黎麥尼一人。

第十一章

二層室中無地板，四手鎗皆置敷石上，黎麥尼俯拾其二，兩手分執之，向樫木箱阻塞之梯口，奮步而進。

是時攻者方蹀躞階級，懼襲擊，未敢猛攻，僅以鎗柄築箱蓋，刺刀刓之成一竇，時時携燈就竇，窺探室中。黎麥尼適至竇側，於燈光中，見一目睒睒直視，急以手鎗擬竇口，盡力一擊。彈甫脫手，聞一人慘呼，目裂及顱，反身而顛，黎麥尼乃仰面而笑。旋見箱蓋上復有一竇，較前竇尤大，卽以左手之手鎗納竇中，發第二彈，此彈猛烈，霎時間梯次人聲鼎沸，中彈而顛者，不下四五人，攻衆乃略退。

黎麥尼擲空鎗易之，仍執兩鎗赴竇口，於竇中窺梯，僅能見三級，顧各級皆有橫尸。忽見積尸間一人匍越而上，黎麥尼立出手鎗擊之，洞首隕。黎麥尼方以左手之鎗，易置右手中，擬再擊，忽覺劇痛不可耐，乃狂吼；蓋一刀已洞腹矣。此刀由箱下第二竇中突進，黎麥尼未及備，遂受此創。

創口至巨，血湧如瀑，腸纍纍下垂；顧黎麥尼仍岸立，嚙齒呼曰：

「美哉擊乎！」旋言旋蹩跚而退。退至列炬處，置手鎗於地，左手綰蚪結之隤腸，右手執炬架，下就導火繩，火之繩立炎上四竄，黎麥尼遂置炬拾鎗，蹶而顛；復起，煽火繩，增其火力，一時火龍狂舞，蜿蜒過鐵門下，達橋閣中。黎麥尼乃呼曰：「我事畢矣。我燔彼軍之小兒，我為無量數之小兒復仇，且巴黎王寺中被囚之小王，亦當向我而笑也。」言畢，微笑而絕。

時則大聲發於箱次，箱蓋破裂，成一大竇如栲栳，一人持刀由竇躍入，呼曰：「我賴杜伯也。平生不耐學膽怯兒，趄趔作門外漢，今冒死入此，第一刀即劇汝腹，我今子身在此，汝曹尚存幾人乎？

當黎麥尼連發三彈時，瞿文盧有埋伏，已約隊退至梯下，與薛慕丹共商進攻策。賴杜伯不候將令，獨由暗中持刀突上，既得入室中，在此半明不滅之火炬光中，東眺西望，且行且呼。曰：「我祇一人，汝曹果幾人乎？來！速來！」屢呼乃絕無應者。猝睹壁間有一人，血汙盈面，半脫之耳，搖晃如鐘錘；賴杜伯以爲敵也，欲戒備，久乃寂然，諦視之，即己之幻影，出現掛鏡中耳！室中實無一人。賴杜伯愕然曰：「室中人何往耶？」一舉首瞥見壁上旋石，洞開如門，石梯在焉！恍然曰：「我知之矣！惡奴已逃。」即向外高呼曰：「汝等速進，此塔如一甕，甕已破矣，鼈乃盡逸。此間有一洞，即其逸出處也。」

呼聲未已，忽聞鎗聲轟然，由暗陬出，一彈拂肘而過，餘力洞壁入寸許。賴杜伯曰：「嘻！有人！誰乎，乃餉我以佳彈？」即聞地上一人答曰：「我也。」

蓋答者，即黎麥尼耳。黎麥尼雖暈絕於前，嗣受賴杜伯狂呼之刺激，乃力挽其瀕絕之生機，發此最後之一彈。

賴杜伯俟彈過，立向黎麥尼臥處行，嘲之曰：「人耆逃矣，汝乃獨留。勇士乎？風漢乎？」黎麥尼曰：「汝胡知。」賴杜伯駐足睨之，問曰：「踏地者，汝何名？」答曰：「我乃踏地而眇汝立者之黎麥尼也。」曰：「汝　手何物？」曰：「手鎗。」「左手何物？」曰：「我腸也。」曰：「我今虜汝矣。」曰：「汝自張耳，我不信汝。」

言畢，狂噓其斷續之餘氣，向導火繩，漸噓漸微，至不能聞。俄而瞿文與薛慕丹率大隊入室中，大索屋隅及梯角，舍已絕氣之黎麥尼外，塔中果無一人，乃查檢石門，令荀桑由石門入秘密道追之。瞿文手提燈，詳驗旋石。塔中有旋石，瞿文固自幼聞之，然常視為謷言耳，不意巨敵竟藉此而脫。方徘徊石次，忽見石上隱約有字跡數行，燭而讀之，文曰：

「瞿文子爵先生鑒：別矣，後會有期。　冷達男留白。」

瞿文默然。方懊喪間，荀桑已追奔無得而返，言秘密道外通大壑，壑以外皆茂林叢棘，綱徑窪谷，處處皆堪避匿，此時敵當遠颺矣，實無策足以跡得之。瞿文與薛慕丹皆相視不作一語。瞿文忽顧荀桑曰：「今須用救命梯矣，梯乃何在？」曰：「將軍，梯固未至也。」曰：「然則適所見之一車，有騎隊護送者，誤耶？」曰：「不誤，顧所載者非梯也。」曰：「何物？」曰：「斷頭機。」

第十二章

荀桑之報告瞿文也，謂敵已遠颺，其實殊誤；蓋其時侯爵固未嘗遠去也。彼與哈孟六隨諸逃人後，下石梯，入一穹頂之狹道，緣橋栱，達大壑，道口爲天然之土穴，外有叢莽蔽之。逃人第出此口，不翅蛇之赴草，魚之縱壑，莫或覺之，亦莫能跡之矣。

侯爵既出道口，此時舍徽行無他策。幸彼入勃蘭峒至今，未嘗一日離鄉老之裝束，所表異者，惟金柄劍及肩帶耳！乃立除之。其時道口外，闃無一人；蓋顧蓮，祁那蘇，裴狄南，羅宣高，狄爾慕五人，已四竄矣。哈孟六顧侯爵曰：「彼等先免脫矣。」侯爵曰：「汝亦應爾。」曰：「我雖殿下行乎？」曰：「何待言。我昔詔汝，逃以子而不以偶，偶必不脫，汝我均無益。」曰：「殿下稔此間地理否？」曰：「至稔。」曰：「石瞿文林之會，殿下何時踐約乎？」曰：「明日亭午。」曰：「敬如命，我曹當如期至。」

既又曰：「殿下不憶海中潛逃時乎？我以不知殿下名，至欲殺以雪憤，曾幾何時，世事已萬變矣，不意復睹玉顏於此；然我不知殿下名，如昨也。殿下果何人乎？」侯爵若不聞，且思且言曰：「英吉利！英吉利！舍汝無他策矣。半月之中，我必令英兵長驅入法蘭西。」哈孟六曰：「殿下脫有用某處，效死弗辭。」侯爵頷首曰：「甚善，凡事皆於明日言之。汝饑乎？」曰：「不敢欺殿下，我急於趨救，今日我唇，尚未沾滴液也。」侯爵乃於衣囊中，出古古餅一枚，劈爲二，以半授哈孟六，而自食其半。食既，哈孟六指口外曰：「殿下愼識之，口右爲壑，口左乃林也。」侯爵曰：「謝汝導我，汝其行乎！」

哈孟六聽命，一瞬間，已竄入黑影中，初猶聞枝葉蟋蟀聲，繼乃寂然。此時口外惟留侯爵一人，隱身叢莽，固不懼爲人所窺；第以初出血戰之身，入此恬靜之境，覺前此爲臨終，今乃初生，前此近墳墓，今乃升天國。雖侯爵以餐險如飴之老將，至此亦不免喜出望外，立取其衣囊中之時計按之，適報十時，侯爵心頗異之；回念敵軍發宣告礮時，尚在日沒前，逾半時，乃進撲缺口，其時當在八時左右，今甫十時，是軒天撼地之鏖殺，僅兩小時耳。侯爵以爲爲時何促　然以吾人論之，以少數之十九人，拒大隊之四千五百人，相持兩小時之久，踴躍而來，從容而去，亦云奇矣。

侯爵見哈孟六去遠，知久駐乃至危，遂復置時計於衣囊中，顧所置之囊，乃非前囊。緣前囊中，有鐵門之秘鑰在，爲黎麥尼所授者，時時與時計之玻璃相觸，侯爵慮其破裂也，故易置之。易置妥貼，遂向森林一面舒步行。

行不數武，忽覺一道火光，穿叢灌而入，急回首望之，見燭天之紅焰，從壑中噴礴而起，侯爵欲移步就之，轉念是何與我者，不顧而去。正伏行叢棘中，行入深徑矣！陡聞一哀慘之呼聲，出壑岸巔，侯爵不禁舉目視之，遂癡立不動。

第十三章

佛蘭宣既於高丘望見紫色之塔影，矗立夕陽中，遙計之，爲程當在一哩外。顧佛蘭宣殊不以一哩之修，稍挫其孟晉志，婦人大都耎懦也，然一爲人母，戀雛之心迫之，往往强猛逾恆人。佛蘭宣崎嶇而進，石峯棘刺，時嚙其兩踝，作火齊色，殊無所覺。初猶行斜照中，旣乃昏黃，終則沉黑入深夜矣。耳畔時時聞鐘聲，報八時，俄又報九時，此鐘聲當由巴利尼鐘樓中來，然佛蘭宣固無所睹也。聞聲竚立聽之，不意此鐘聲後，又隱約聞呼噪聲，爆鳴聲，同時幷作，又有一熹微之火光，從塔上碉樓中射出，爆鳴聲愈厲，此火光乃愈煊赫。佛蘭宣遂恃此火光爲嚮道，愈行火光乃愈大，塔影亦隨之而增長，蓋距離近也。

忽焉諸聲突止，火光亦全滅，四天邊廓，幽慘不類人間世。此時佛蘭宣適行至高丘盡處，足下已臨巨壑矣，爲夜霧所蔽，不能辨其深淺。丘巔爲礮隊排列處，含糊中時見火星明滅，出礮架上。一巨構跨壑而過，似橋似閣，袤延達圓形之巨塔，卽佛蘭宣於日間，認爲指南之塔影也。

佛蘭宣所立之丘岸，與橋至密邇，橋上三層之傑閣，雖黑暗中亦能辨之。佛蘭宣方面閣凝立，私念此何爲乎？此中何所有乎？甯卽所謂都爾基者非耶？且思，且視，且聽，一瞬間，面前頓覺昏黑；閣也，橋也，丘岸也，皆入於彌天之烟幕中，至不能啓其兩目。及再啓目，則光明眩耀如白晝，非復黑夜矣。

此光非日光，乃火光耳，惟此火光，尙包含於一道濃烟中，時隱時現，乍黑乍赤，大類巨舌吐蟒口伸縮作勢。其實舌乃火苗，而口則橋閣下層之窗也。窗間本圍以鐵杆，經火全赤，全閣悉爲烟霧所蔽，而此窗獨軒露於外，如噴火山之出口焉。

佛蘭宣睹此異狀，如置身五里霧中，錯愕不知所措。逃乎？留乎？方回皇不決間，忽長風從西北來，滾滾入濃烟中，黑幕頓揭，一時碉樓橋閣，爲火光所反照，眞相畢露。其時橋閣下層，已成火窟矣，上兩層則尙無恙。佛蘭宣於火光中，見兩層樓窗皆洞闢，第二層尤宏敞，視之較晰，四壁插架似圖籍，窗前地上，隱約有物縱橫堆積，如鳥巢中之羣雛，蠕蠕欲動。佛蘭宣心異之，默念此一小堆，果何物耶？以狀卜之，殆生物也。然佛蘭宣此時，腹飢體倦，頭目森然，頗自疑所見之出於幻妄。復凝神諦視之，則不僅生物也，直似一羣小兒，酣臥於烈火之上，心乃大動。

時則忽見下層撩出之火苗，延及窗外半枯之長春藤，枝葉乾燥，風力助之，不啻天然之導火繩。瞬息間，火勢熊熊，立達二層樓上，即此火勢中，此臥地之三小兒，肘相壓，股相交，閉目憨睡之態，悉呈露於佛蘭宣之眼簾下矣。

此時佛蘭宣認之至確，臥烈火中者，果卽其所覓之兒也。不覺驚而哀呼，呼聲至悲，慘而淒厲，無遠近，皆聞之；此聲遂驚侯爵，立駐其足。侯爵駐足處，適在壑口林邊，灌木蒙茸蔽其前，乃就枝葉罅漏處窺之。見橋上火焰逼霄，塔亦通明，如建萬丈之霞標；橋閣之對面，斷岸之上，火光之中，有一憤怒悲慘之人面，斜向深壑，適所聞之呼聲，卽此人面所發也。

此人面不復有人色，呼聲亦不復成人聲；但聞似斷似咽，斷續於空氣中。曰：「噫，天主！吾兒！此眞吾兒也。火！救命！救命！豈汝等皆惡漢乎？何無一人在此。咄！咄！火將及兒矣！饒善德！阿蘭！若望！孰置兒曹於此，不見渠猶酣睡乎？我欲狂矣。天乎！此胡可者！救命！救命！」

卽見塔中及丘上，萬衆騷動，羣趣橋閣火盛處。瞿文薛慕丹苟桑，皆親臨指揮。夫滅火需水，不幸是壑，至夏而涸，水斗方下，立成枯濠，衆皆癡立丘岸，無所爲計。是時火勢愈盛，由枯藤上延倉樓，倉樓中滿貯芻秣引火之物，遇火卽燒。未幾，屋頂卽轟破矣！於是橋閣上下皆火，惟書樓壁厚頂高，內部尙完好；然火山上壓，洪爐下熬，窗欞棱桷，時時與火神爲恐怖之接吻，亦危迫眉睫矣。若望阿蘭饒善德三兒，則安然眠火穴中，沉沉未醒，爲狀乃至恬適。丘上之慈母，至是愈恇急，奮臂狂號曰：「火！我呼火！人無應者，甯盡聾耶？人燔我兒，汝曹坐視耶？我日夜狂走覓我兒，幸覓得之，乃在火中，我一家無罪，人殺我夫，鎗我身，今又焚我兒，孰爲此慘酷耶？速救吾兒。視如一狗，汝曹當憐此無告之狗。噫，吾兒！吾兒尙熟眠也。饒善德坦其小腹，玉雪耀我眼，若望阿蘭！我呼汝，奈何不舉首一視耶？長兄不及四齡，弱妹纔逾期耳！聖母當鑒汝之幼，憐我之苦，寧忍以將返我懷中者，復擲諸地獄耶？火眞及矣。救！速救！不救者，非人類，乃盜賊也。我不願吾兒慘死若是，果其死也，是天主爲無靈，我誓殺之。」

時丘上壑中，人聲亦龐雜無紀。或呼曰：「速覓梯。」或答曰：「無處覓梯。」曰：「取水。」曰：「無水。」曰：「二層塔中有門在，可通書樓。」曰：「門乃鐵也。」曰：「鎚破之。」曰：「不能。」佛蘭宣則距躍若狂，曰：「可畏哉火也！速救吾兒，脫不能救，則寧投我火中。」

呼聲愈厲，火焰乃愈張，磅礴畢剝之聲，與羣咻相答和。侯爵伏叢棘中，固一一聞見之，探手衣囊，鐵門之鑰，鏘然在焉！忽反身向逸出之夾道口，徐步踽僂而入。

第十四章

救命梯未至，壑水已罄，竭四千革命健兒之智力，竟不能脫三童於火厄中，事固至可羞也。於是薛慕丹苟衆賴杜伯，皆覩下壑中，瞿文則率黎兵二十八，復登塔樓第二層，鐵門下鍵處，即旋石洞開處，火災發源地也。

瞿文既至是間，命黎兵奮力擊鐵門，先用斧劈，斧刃悉挫。黎兵曰：「鋼遇此鐵，如玻璃也。」繼以鐵杆入門下，力撬之，未舉而杆已折。黎兵曰：「如火柴耳！」

瞿文詳察此鐵門，乃一種鍊鐵，兩層駢合而成，圓釘布列如繁星聯絡之，每層厚各三尺，堅鞏無倫。攢眉曰：「欲破此門，惟有巨彈，我曹能引一大礮至此乎？」黎兵曰：「少憩，當試之。」

於是衆皆默然無語，視此巍立不動之堅扉，意至頹喪。四面火威，愈逼愈近，毛髮皆乾燥欲裂。回睇屋隅，黎麥尼之屍，赫然橫返照中，似向彼等作獰笑，以自鳴其凱勝者。

瞿文此時，方怒目視洞開之旋石。呼曰：「可恨哉！冷達男竟由此而去。」忽聞一聲由洞中出曰：「毋恨，我今由此還矣。」立見一如雷之人首，由秘密黑穴中突然出，果侯爵也。瞿文驚而退，衆亦眙愕不知所爲。

侯爵手持巨鑰，從鍬兵叢中，昂然直進。達鐵門，屈躬入穹道中，徐徐探鑰入鍵，鍵鏗然鳴，門闢矣。門內彌望皆紅焰，如火淵，侯爵乃昂首闊步而入。入樓數步，即捲入濃烟中，不可復見矣。

此時地上之三童，乃徐啓其目矣！睹滿室火光，以爲晨曦也。第不解此日晨曦，何以較恆時爲壯麗，心竊訝之，饒善德尤戀戀，凝睇不忍瞬。

室內火力，雖未全及，而滾滾烟浪中，時或見赤龍探爪，時或見黑蜈拏雲，往來追逐；又似聚無數妖彗，作空中之劇戰。火窟，一寶山也　火神，一大揮霍家也。火星四裂，不啻取琳琅璐碧，乘風撒之，成五色雨。三童皆翹其首。饒善德呼曰：「美哉光也。」若望先起，阿蘭饒善德亦隨之而起，若望伸腕向窗口曰：「我熱甚。」

丘岸上佛蘭宣望見之。曰：「噫，彼等醒矣！吾兒！若望！阿蘭！饒善德！」

人人皆驚怖失措，而此三童方四矚嘆訝，詫爲奇觀。凡人情易驚喜者，往往難於震慴，知愈稀則膽愈壯，此自然之理也。童子惟不入地獄耳！假其入之，未必不視爲新奇可喜也。

佛蘭宣見三童不應，乃復抗喉而呼，三童始覺，疾回其首。若望先見母面，狂喜，且躍且號曰：「阿孃！」「阿蘭亦呼阿孃！饒善德則張其小腕，欲呼孃，顧不成聲，母在下顫聲答曰：「吾兒！吾兒！」

三童立趣窗口，幸其地火尚未延，然焦灼已大半矣。若望曰：「我熱不可耐。」目注樓下覓其母。呼曰：「阿孃！速來！」

佛蘭宜此時，已耐無可耐矣。奮身躍入壑中，荊棘滿前，一步一蹶，勉達橋栱下，已髮散衣裂，血涔涔如汗下矣。

時則薛慕丹與荀桑，皆立壑中，其無能爲力，與瞿文之在塔中等，惟時時仰視橋壁，扼腕而嘆。賴杜伯最勇，猶力抑其肩耳之劇痛，汗血奔走。忽遇佛蘭宜，驚呼曰：「嘻！汝已鎗斃矣！適從何來？寗復活耶？抑鬼乎？」佛蘭宜不顧，但哀號「吾兒！吾兒！」不置。賴杜伯自艾曰：「我過矣！今誠非閒談時也。」語畢，即踴身援橋壁，壁乃平滑如鏡，無凹無凸，高不及丈，即翩然而墜。仰望書樓，六窗皆著火矣，三童之面，僅隱約烟霧中。賴杜伯指天而呼曰：「慈主，甯若是耶！」佛蘭宜跪抱橋墩，頻呼「上帝恕我！上帝恕我！」

磞然一聲，書櫃傾矣，玻璃破碎聲與木石爆裂聲，雜然並作，梁棟兀兀搖動，勢欲下頹，再遲晷刻，一切盡成灰滅矣。斯時人力已無所施，惟袖手鵠立，時聞烈火中，有婉孌聲之嬌音頻呼「阿孃！阿孃！」而已。

衆方傷心慘目間，忽見三童所立之隣窗間，突現一人影。於是皆仰首凝視，於紅焰瀰漫中，見其人軀幹偉岸，面蒙黑烟，惝恍若幽靈，而滿頭白髮，獨皎然火光中，則固無人不識之冷達男也。

冷達男既現後，轉瞬間，忽又不見，衆方囂嘆頹息，莫知所爲，而冷達男又昂然臨窗次矣。時則兩手抱一巨梯，即橫臥壁下之救命梯也。以至慓疾之姿勢，投梯窗外，堅持其端，由斜檐徐徐下降，直達壑中。賴杜伯見之，狀若發痼，躍而就之，拖梯高呼曰：「共和萬歲！」冷達男亦於樓上答呼曰：「國王萬歲！」賴杜伯曰：「此時汝欲何呼者，任汝呼之，汝固慈主也。」

巨梯既立，賴杜伯奮勇先登，二十餘人隨之，每一級立一人，層遞而上，本木梯也，今乃成人梯矣。賴杜伯在第一級，適倚窗面火而立。

當是時，四千之兵士，皆散處壑中丘上，及塔頂之平臺，或伏叢棘，或蹲斜坡，莫不仰首斂息，萬目一的，向此焚樓之窗口。

則見侯爵手抱一童，徐徐由濃烟中出。一時四野之鼓掌聲，如雷而起，此出險之第一兒，乃阿蘭也。阿蘭在侯爵懷中，哀呼曰：「我恐甚。」侯爵授阿蘭於賴杜伯，賴杜伯授之第二級，遞接而下。迨阿蘭遞至梯下，而侯爵又抱若望出矣。若望稍壯，不若阿蘭馴擾，且哭且奮小拳，作抵抗狀。侯爵强納諸賴杜伯抱中，然額際已飽受拳擊矣。若望既出，火樓中乃獨留饒善德，侯爵反就之，饒善德見侯爵來，向之微笑。夫微笑何奇，顧此時堅如鐵烈如火之梟傑，眼眶中忽微微露濕點，藹然詢之曰：「汝何名？」饒善德吃吃曰：「烏善德。」（稱烏善德小兒口譌也。）侯爵抱之，饒善德微笑不已。侯爵心動，悽然吻其面。梯次衆兵呼曰：「此卽小女也。」爭抱之，傳遞如前狀。此女一下，歡呼聲，鼓掌聲，較第一次爲尤厲，不啻置身劇場中。

佛蘭宣在梯下，如醉如狂，先受阿蘭，繼得若望，終見饒善德，彼此狂吻不已。吻已，又狂笑。忽聞壑中羣呼曰：「今已全救矣！」衆爲此呼聲時，蓋極樂之餘，已忘侯爵之猶在樓中，即侯爵或亦自忘之。但見其遲回窗次，向火若有所思，久之，若恍然悟者，乃徐徐返身，跪斜檐，攀巨梯，默然拾級而下。壑中人望見之，幾疑爲天神之從天而降，皆驚愕蜂擁而退，退不數武，而侯爵已巍然臨末級矣。一足甫踐地，忽覺有一手突出暗中，綰其領巾。侯爵回首，薛慕丹曰：「我今獲汝。」侯爵曰：「然，我許汝矣。」

薛慕丹旣獲冷達男，立引之入都爾基之下室，開地牢處之，置燈一，水瓶一，乾糒數事，投草束於地，布置訖，即嚴鍵門牢，列衞兵守缺口而出。出時，適聞巴利尼鐘樓，鐺鐺報十一時。遇瞿文，謂之曰：「我欲開軍事裁判矣。汝與冷達男，皆瞿文族，分至親，在法不宜列席。此裁判，當以三審官組織之，一上級士官，苟桑副將是也；一下級士官，賴杜伯軍曹是也；而我爲之長。汝毋干涉此事，非擅權也，欲履行國約議會之決案，不得不立此限制耳。明日判決，後日上斷頭臺，文臺從此死矣。」

瞿文默然不答一語。薛蓀丹語畢，卽匆匆離瞿文而去。瞿文俟薛蓀丹行後，召苟桑，委以營務，己亦翩然出營，徐徐向塔下草地行。

四野遼曠，涼風拂衣，瞿文身裹一巨氅，頭目皆隱氅中，迎風而前，狀如夜蝶，幸氅端緣一袖章，燦然暗中，人以是得辨爲首領之來。顧瞿文此時，殊不願有人辨之，獨行染血之叢草間，似前似却。其時火勢稍衰，三層橋閣，已焚燬略盡矣。賴杜伯方伴三兒一母，絮絮作勸慰語。衆鍬兵則持撓鉤，力斷火路，其餘或埋死屍，或治傷人，或拆毀防障，或糞除室中及梯次之血汚，皆各事所事，狀至忙迫。而瞿文乃一切無睹，惟直注其兩目，視塔之缺口衛兵哨候處。

此缺口隱叢草間，距彼約百武，劇戰之開場在此，破塔之入道在此，即囚繫冷逢男之地牢亦在此。瞿文於黑暗中，目不旁瞬者久之，耳中似聞有人頻呼曰：「明日判決，後日上斷頭臺。」則體爲之噤。立以兩手抱頭，彳亍缺口前之塔影下，且行且作沉思。

第十五章

瞿文此時之思想，忽焉大變矣。思想一變，目光亦隨之而變。其變之最不可思議者，則莫如常日目中之冷達男，全異於今日目中之冷達男；冷達男已變相矣，而瞿文適身當此變相之衝。以如是之事，其結果乃得如是之變動，是固瞿文夢想所不及者！夢想所不及，而事實竟及之，是殆造化故示玄幻，以戲弄吾人耶？然瞿文已墜此玄幻中，迷惘不知所從。

欲破迷惘，模稜無益也，必用劈頭之猛斷；欲下猛斷，必先立問題，問題所立之根據何在？在事實。然僅據事實，便足斷乎？不可也。事實變動者也，宜用以爲問；公理不變動者也，乃用以爲答。事實辟則雲也，而蔽我以陰翳；公理辟則星也，能曜我以光明，吾人寧能舍光明而即陰翳乎？

瞿文此時已發問矣！顧發問者非瞿文，乃瞿文之天良也。自發此問，覺平日堅卓不搖之志操，一成不變之決心，至是皆杌隉不安，徐徐搖撼其靈魂，若將顛覆者。

瞿文一決心革命家也，然此時於革命決心之上，忽又發見一人道之決心。覺此決心之竄入腦海，爲力至偉，雖耳畔猶時時聞薛慕丹嚴厲之呼聲曰：「此事汝勿干涉。」第不知不覺中，大類一久植之樹，有颶風突來，勢將拔根而去。

瞿文以兩手抱頭，乃愈抱愈緊，抑若欲藉此一抱之力，擠出其腦中之眞理者。求眞理如求算理，單純易，複雜難，以茲事之形勢論之，不啻列無數恐怖之號碼於加法之橫綫上，欲立得其總數，是何等眩暈之事？而瞿文乃持心籌，布慧珠，由散而聚，由繁而簡，循難題之狹道，曲折而進。愈進愈深，忽見一不可思議之現象，湧現於前途。

瞿文所見者何事耶？蓋彼於人世戰爭之中，恍惚間忽覩一天國之戰爭。

天國何在？卽吾人之靈魂界也。戰爭何人？卽善神與惡魔之衝突也。

瞿文此時，若親見此羣魔，蟠據靈魂界中，張其迷謬之幕，高其殘忍之壘，黑暗爲燈，傲慢爲盾，卓拘執之旂，擊利慾之鼓，以與善神相周旋，卒之善神勝而惡魔敗。善神，人道也。惡魔，非人道也。人道終克非人道矣。

是果持何方策，用何器械，獲此完全之凱勝乎？無他，三搖床而已。不見三搖床中，有墮地未久之三小兒乎？孤兒也。吃吃而言，嘻嘻而笑，固無怙無恃，不知不識者也。又不見繞此三搖牀，有洶洶之血戰乎？彈相擊，刃相交，汝首吾頭，吾剸汝腹，仇殺無已也。又不見有無情之烈火乎？固不惜蓄其罪惡之預謀，一試憤怒之毒焰也。又不見有夙稱殘酷之老諸侯乎？固嗜殺如飴，樂戰不倦，至死不變其志者也。然一瞬之間，血戰也，烈火也，殘酷之老諸侯也，莫不如烟如霧，悉消滅於搖床前未成人者之目光中。此無他，以其未成人，斯未爲惡，眞實也，公正也，醇潔也，無罪者也。上帝之全德全能，悉寄託於無罪之童魂中，於是無罪者，遂得奏凱而旋。

斯時，我敢斷言曰：內亂無有也，屠殺無有也，無怨恨，幷無罪惡，魔鬼不現，天主亦不現，惟有姚冶之曉光，普照於人類之地平線上。

夫戰爭必有戰場，此戰爭之戰場何在？在人類之天良中，而尤在冷達男之天良中。

然冷達男之天良，於何發見之？於瞿文之天良中發見之。彼念冷達男已宣佈死罪矣！被圍矣！禁錮矣！如獸在柙，如釘入鉗，在勢已無脫理，而神出鬼沒之冷達男，竟於金城鐵甕中，飄然而逝。屢次敗衂所失之各森林，各地方，不啻藉此一逝，盡恢復其所有權，從此往來倏忽，竄突無常，將復成爲地窟之首領，棘林之主人矣。瞿文雖得勝，顧冷達男亦已自由，莽莽林埜，何地不可藏身？浩浩前程，何事不可再舉？脫阱之猛獅，固無人復能跡而獲之矣。

噫！異哉！彼於既脫之後，乃忽返身而還。

轉念間，彼忽願盡棄其森林地方，自由前程，復投身於必死之危險中。第一次，瞿文見其昂然直入書樓，沉火淵而不顧。第二次，又見其從容下梯，致身仇敵。梯名救命，顧在冷達男，則當號絕命耳。

是果何為哉？救三童子耳！此三童子為彼所生乎？非也。彼之家族乎？亦非也。不過三棄兒耳！窶人之子，不知誰何也。而此睥睨一切之貴人，勃蘭峒之王，已脫重圍之老將，忽自獻其偌大之頭顱於三童子之前。頭顱，本恐怖也，今乃成莊嚴璀璨之光環；然則人將何以處此頭顱乎？曰彼既獻之，我當受而斬之。

冷達男已再四審度，選擇於人與己之性命中，得無上之決擇，乃舍己之命以救人之命。然則人將何以處此命乎？曰彼既舍之，我則許而絕之。人惠我以恩慈，我乃報之殘酷，是何等可怖之酬答耶？乃不意此可怕之酬答，不發現於他人，卽發現於共和之下。向所稱爲擅作威福，蹂躪人權者，今已翻然改圖，皈依人道；而自命爲自由之花，博愛之神者，反逞回於龍戰玄黃之野，肆其鬩牆慘殺之心。仁慈也，公正也，犧牲一己以事救濟也，皆神德也；顯爲此者，不在文明之志士，而在頑固之老兵。共和本强也，今乃弱矣；本凱勝者也，今乃屠殺者矣。傳之後世，言主張君主者，能救童子；而主張共和者，乃殺能救童子之老人，是豈共和之榮哉！

況此老人行年近八十矣！旁無一人之助，手無寸鐵之衞，名爲獲之，其實盜之。且其被獲時，適獲之於善業圓滿中，顆顆忠誠之汗滴，方湧現額際，發爲神光；我見其徐步上斷頭台，直不翅拾級而登神聖之階矣。置此頭於切刀之下，而繞此頭者，有貞白之三靈魂，翺翔眷戀，爲之籲天而祈福，是何等高尙之偉迹。我料此頭，必含笑於血腥之下，而赧然發赬者，反遍及共和之面上矣。

瞿文共和軍之首領也。首領不贊同，首領能阻止之。能阻止而竟不阻止耶？竟承認薛慕丹越權之請，不干涉此事耶？是讓權也；讓權即同謀。以如是重大之事，自作者與任人作者，法律上罪惟均，而道德上則任人作者，罪乃更重；以任人作者，近卑怯也。然冷達男之治死罪，瞿文豈未嘗承諾乎？彼不嘗言己尙仁慈，惟冷達男當在仁慈之例外乎？然則竟以冷達男付之薛慕丹耶？

冷達男應治死罪則付之耳！第今之冷達男是否爲應治死罪之冷達男？

瞿文常日所見之冷達男，一獰惡之戰士也。一王權封建之迷信家也。一殺囚鎗婦之兇手也。是人也，瞿文固不懼之。天下最易循者，莫如畫綫之直路，彼以恐怖來，我以恐怖往，彼殺人，我即殺彼，何所用其遲回審顧。今不然矣，直綫中斷矣。一意外之紆途，忽現於人道中，冷達男乃直趨而入，變相立現。本魔鬼也，今爲人相矣，不特人相也，直一靈魂之眞象。此時瞿文之目前，萬象皆滅，惟見一偉大之救濟家，矗立天國中。

不僅此也，尙有一最密切之問題，爲瞿文所不能不念及者，則家族是也。夫流家族之血，即不翅自流其血，然則冷達男非瞿文氏之血乎？其祖父雖死，而叔祖尙存，叔祖非他，即冷達男也。死祖有靈，甯願抗宗之介弟，含冤就壙乎？甯有不貽訓嗣孫，敬禮此寬仁俊偉之家督乎？脫一家之中，自相殘殺，不獨違天，且蔑祖矣。

且革命之目的，果爲毀棄人乎？破壞家族乎？絕滅人道乎？皆非也。九十三年之開幕，第一事爲破巴士的獄，即恢復人道也。第二事爲廢封建，即建設家族也。夫創造者，權力之出發點也，有造物力者，斯有物權。天下權力之大莫與京者，莫如父母性，故母蜂能造蜂羣，即母也，亦即王也；人王不能造人羣，即非父也，亦非人主。由是倒王位，由是遂革命，是果何爲乎？爲家族耳！爲人道耳！革命者，人羣之新紀元也；其實幷無所謂人羣，人羣卽家族也，卽人也。

今冷達男已自返於人道矣，瞿文奈何不自返於家族乎？以祖之進於此，不能不逼孫之退於彼，一祖一孫，欲握手於無上之光明中，以天良決之，瞿文安能不救冷達男。

是固然矣。然試問救冷達男後，於法蘭西之關係爲何如？瞿文一思及此，不禁惕然驚矣。

噫，法蘭西之國運已窮蹙矣！門戶已盡撤矣！日耳曼已渡來因河，則無溝可隔也，意大利已踰阿爾伯，西班牙已越比蘭納，則無塹可守也。

所恃者惟大西洋耳！將恃此以敵各國，形勢固至險要也。顧此險要，果爲我有乎？竊恐不然。大西洋之中，有英吉利。有英吉利不足懼，以其不能足涉而渡也。所懼者，有一人焉！授之以橋，且望洋而呼曰：「來！英吉利速襲法蘭西。」是人何人？冷達男是也。

是人焉，固經三月之劇戰，擲千百健兒之性命，輾轉追逐，僅乃獲之。獲之則革命之手，已摧碎王冠，九十三年之長纓，繫十七世紀封建之頸矣。幽幽地牢，昔以囚人者，今乃囚己；峨峨高墉，昔以自衞者，今乃自戕；欲以其國獻人者，其家適獻其身；報應之理應爾，天主若定之矣。兩日之內，公敵就殲，從此不能復戰矣，不能復爭矣，不能復破壞矣。文臺雖不乏股肱，而腦系僅一也。腦系絕，則一切皆死矣。

今忽有人也欲救之。

薛慕丹九十三年之代表也。其俘冷達男，不翅俘君主政體也。救之者，寧欲扶已倒之君主而復立之耶？薛慕丹未來之明星也，冷達男已往之幽谷也。

救之者甯欲杜未來之路，脫已往之扃耶？冷達男，新社會之惡魔也。冷達男死，凡社會上之叛亂殘殺，同時皆死。救之者，乃欲復生此惡魔耶？

我知此惡魔，必仰天而笑曰：「我生若曹無死所矣。」一轉瞬間，復投於仇殺慘戰之盤渦中，行見尾舍仍縱火也，囚虜仍屠殺也，傷人仍畢命也，婦人仍鎗斃也。

凡此思潮，突湧起於瞿文之腦中，腦中忽擾亂 。 然則前之思想爲誤乎？瞿文不能不悉心研究之。

三童已就死，冷達男救之固也。顧孰置之死地乎？非冷達男耶？夫置搖床於碉樓中，固黎麥尼事也。黎麥尼何人？乃冷達男之副將。凡將士之舉動，其責任則首領負之，若是乎縱火戕命之謀主，仍屬冷達男矣。

置之死地而仍救之，夫救之何奇！奇在以最固執之人，而忽失其固執性。推其失此固執性之原因，則由於慈母之呼聲，喚醒其人類之良知，使立返其故步。本即幽夜也，一回身，則光天化日耀其面矣。本造罪者也，一改造，則天心人道託其身矣。魔鬼與神聖，祇爭一心，一出魔界，即鄰聖域矣。

以如是之人，而遂殺之乎？殺之於心何安。然則救之乎？救之又負何等之責任。救冷達男，即犧牲法蘭西也。生一冷達男，即死無量數無罪婦孺之命也，即招英吉利之入寇也，即致革命之退步也，是不啻救一猛虎矣。

瞿文反覆此相反之兩問題中，覺人世難處之事，莫過此者！因思猛虎，固不當救也；然冷達男果爲猛虎歟？昔固似之，今仍然歟？試一持平考察之。

冷達男今茲所爲，非忠誠耶？非强毅之克欲耶？非於殘殺之內亂中，證明人道耶？非於王權革命之上，證明一靈魂之眞相，强者應保護弱者，已救者應降福未救者，一切老者，應慈愛一切幼者耶？不以他物證之，乃即以獻其首者證之？彼固將軍也，以證之之故，盡棄其建功之野心，復仇之祕略。彼固王黨也，以證之之故，乃取一衡置法蘭西之王，及十七世紀之君主政體，並一切舊法律舊社會於衡盤中，與三鄉童共秤之，覺一切皆輕，而無罪乃獨重。凡此豈猛虎耶？豈猛虎而能若是耶？我知其不然。本血海也，今乃成光明，本地獄也，今乃爲天國。冷達男已自贖矣。以一切犧牲者，贖其一切殘酷，失其有形，以救其無形，冷達男固亦一無罪者也。寧天主不許人以自懺乎？脫其許之，則冷達男，且爲可敬之老人矣。

冷達男以不忍無罪，至捨棄一切以救之；瞿文安能坐視不忍無罪之老人，反任其無罪而就死乎？冷達男既於善惡戰爭中，卒能控御此戰爭，以人道解脫之；瞿文亦此戰爭中之一人，安能不以家族解脫之乎？彼此時於黑暗中，目注缺口，輒期期自語曰：「我救冷達男。」顧一轉念間，忽若睹英吉利之入寇，文台之擾亂，救冷達男，乃叛法蘭西也，又不禁惴爲之震。此實人類之三歧路也：一爲人道，一爲家族，一爲國家。瞿文徘徊路口，擇於此三者之中，果何所趨乎？心口相商，輪轉不已。

凡天下事，理想一事也，感情又一事也，理想僅屬諸理，而感情則往往出於天良；一本於人，一源于天，天人之間，瞿文當有以自決矣。

第十六章

巴利尼鐘樓，已報凌晨一句鐘矣。瞿文於沈思渺慮中，不自覺其步之前進，愈進乃愈近缺口之門。其時橋閣餘火之返照，乍明乍滅，適射對面之高丘。其明也，則火焰破濃烟，其滅也，則濃烟包火焰，視其一起一伏之象，抑若與瞿文腦中之思想，無意中相應和者。

忽焉於濃烟之旋渦中，突湧出一道火光，爲狀至烈。瞿文藉此火光，忽見丘巔矗立一運車，騎士繞之，絕似日落時，在荷桑遠鏡中瞭見者。此時車上，若有人共運一物，物體至重，且作金鐵聲，兩人舁之而下，瞥見其形，乃三角也。

有頃火光滅，諸物悉隱，瞿文目注此黑暗中，出神作遐想。但見丘上燈光往來，人聲龐雜，瞿文隔壑而望，不能辨析其所爲何事，所言何語；而磨刀霍霍聲，則不翅促其欲行不行之足，使奮然勇進也。

二句鐘至矣，瞿文已達缺口。口外哨兵，望見其有徽章之巨帔，即認爲首領，咸舉鎗示敬。瞿文昂然直入塔下室，此時下室中，景象全變矣！穹頂上懸一提燈，燈光耀室中，見諸守兵，皆縱橫枕藉，偃臥鋪草上，已沉沉入夢矣。

此時脫離劇戰，僅數小時耳！糞除未盡之斷槍殘彈，猶散布敷石間，至礙其穩睡。顧諸人已倦極矣，覺此恐怖之室，前此騰踔於斯，吼譽於斯，屠殺於斯，踣健兒之身者，斯石也；飲志士之血者，斯草也；今則血已拭矣，刃已韜矣，死者已死矣，恐怖之事告終，而平安之夢從此始矣。

瞿文旣入，諸守兵中有未睡熟者，皆起迓之。中有一兵官，瞿文指地牢之門，謂之曰：「爲我開此門。」兵官聽命，去門扃，門砉然啓，瞿文遂徐步入，門亦旋閉。

第十七章

地牢中有一燈，置敷石上，在下層牢舍風洞之旁；餘則水罇一，草褥一，黑麵包數事而已，無他物也。侯爵方蹀躞牢室，狀似猛獸處籠，不忘馳騁，忽聞門樞啓閉聲，一舉首，燈光適射瞿文之面。兩人眈眈互視者久之，侯爵忽狂笑曰：「子爵先生，汝來視我耶？汝貺我以恩意，我至感汝。我方煩懣，得汝一談，良慰寂寞。我謂汝友直豎儒耳！欲殺則殺，奚必搜證據，開裁判，多費手續，坐耗光陰，使我久淹此耶？吾曹所遇之事何事乎？固至奇妙也。今日有一王，一后，王爲國王，后則法蘭西也。人既殊王之首，而嫁后於羅伯士比，而此再婚之佳偶，遂共誕一尤物之女郎；女郎何名，即名斷頭台，明日人將介我接其吻者也。我固至以爲娛，汝非爲此來乎？汝豈已晉秩爲伍伯耶？脫非然者，則是親誼之通謁也，我尤歡迎。子爵先生，汝今或不復知何物爲貴人，請汝視我，我即汝之骨董也，汝之天主也，亦即汝之家族，汝之祖先也，汝父之模範，以忠誠爲本分，以舊道德舊法律爲生命者也，乃亦汝所必欲鎗斃爲快者也。我今語汝坐，室中無安樂椅，僅有數石；顧已相見泥中，何妨共坐地上，我不敢言辱汝，以吾曹視爲泥中者，汝曹且詡爲國家。汝試觀此室，非我家之牢獄乎？昔以諸侯囚賤民者，今乃以賤民囚諸侯。羣兒相戲耳！輙號曰革命，我知去此三十六小時內，人將斷我頭於此室中，我亦不以爲非當。人若知禮，能惠我以上層鑪室中所儲之烟草，使我一嘗舊味，我心尤愜；以此鑪室，爲汝兒時嬉遊之地，常跳躍我膝上者也。我不奇他事，我獨奇汝亦姓瞿文，汝之脈管中，當滿貯貴族之血，與我同也；不意同一血也，在我爲貴人，在汝爲乞丐，相遠乃如是耶？然此非汝過，亦非我過，爲惡者類不自知也。人吸空氣以生，一時代有一時代之空氣，我曹之時代，乃兒戲革命之時代也。此亦兒戲，彼亦兒戲，兒戲寗有責任乎！汝曹之大罪，正汝曹之無罪也。子爵先生，我且傾服汝，服汝以如是之青年，據國家中至高之位置，得家族中至貴之遺傳，今日爲都爾瞿文之子爵者，即異日爲勃蘭峒之主。乃一切不顧，毅然視敵爲友，成此兒戲之偉功，我以是賀薛蕊丹院長教育之奏凱矣。」

侯爵言時，以兩手插腋下，爲狀至沈靜而和藹。稍止又言曰：「我不自欺，曾以巨礮躬自擊汝，幾殺汝者三次，無禮我固先之。吾孫先生，汝宜諒我！蓋吾兩方相見於火與血之中，彈匣卽楹書也；且人方弑王，我又何恤乎祖孫。」

侯爵語至此，色微變曰：「汝謂君主政體，慘暴無人理乎？脫果慘暴，則磔盧梭，縊福祿特爾，亦至易易，何至於今日耶？惟其不然，徒焚其書而不治其人，於是一般之號稱哲學家者，搖唇鼓舌，勢力漸張，初僅在野，繼乃登朝；若鐵敖，（七十四年路易十六任爲大藏大臣，實行自由貿易主義，主張廢封建制度，大受貴族攻擊，乃辭職。）若納克兒，（亦大藏大臣。）其先導也。夫吾儕貴人，固握裁判之無上權者，汝不見此室之壁上，有裂刑之迹乎？施之此輩，誰曰不宜。而吾儕不施也，任其以人爪握鵝毛，以墨汁污白紙。今日布一文，明日著一詩，馬拉由是生，羅伯士比由是出，兒戲之理想，乃產一慘酷之事實。孰造此罪？著作造之。法語希曼爾 CHIMIRE（卽理想也。）之字義，本含有兩解：一爲虛想，一爲怪物，汝曹乃眞由虛想而成怪物矣。汝曹不嘗唱導權利乎？人權也，民權也，此皆不根之論也。我今告汝，昔戈農第二之女兒曰漢樊斯，襲華愛爾之遺爵，勃蘭峒屬也，嫁羅歇須雄之諸侯曰亞倫，生小戈農，遂奄有文臺全境，此卽鐸爾瞿文之祖父也，亦卽吾曹之祖也，此乃眞權利。若汝曹之權利，則滅天主耳！弑國王耳！汝乃不以己之眞權利爲權利，而認怪物之權利，舍茅土之貴，而下儕輿臺，汝誠大愚。我老矣，汝猶少年，不憶汝兒時嬉戲時乎？垢面如奇鬼，鼻涕長一尺，我抱而拭之，拭之拭之，而汝長大矣。雖汝纔數年耳！方期汝日卽偉大，不謂汝乃自縮小之。今已矣！汝曹已得全勝矣！已往之陳迹，自巴士的以至歷日，薙芟之惟恐不盡，賣菜傭一躍而爲主人翁，從此不復有宗敎，不復有王權，不復有封建。洋洋法蘭西之古國，曩稱以三級統御者：君主，親王，領主，及海陸軍人爲一級；上下級之裁判官，及鹽稅普通稅之收稅官爲一級；全國之巡警爲一級；各守厥職，秩序整然，汝曹乃悉破壞之。夫我法蘭西之國性，固萃大陸之美者也；各省之特性，不啻包有全歐。畢加狄省之誠實似日耳曼，商巴尼省之豪俠似瑞士，蒲高尼省之技巧似荷蘭，嘉斯高尼省之嚴重似西班牙，百羅文省之敏活似意大利，腦門狄省之機智似希臘，汝曹乃不惜舉一切國粹，悉摧殘之。不惜弑國王，殺貴族，屠牧師；不惜倒王座，毀祭臺，蹴天主，此乃汝曹之偉業也。汝不願爲貴族，汝今爲叛徒矣。嗚呼！子爵先生，別矣！我腦中所欲言者，已盡言之，欲斬則請汝斬我。」瞿文岸然曰：「否，侯爵固自由也。」言既，突前向侯爵，以己之大帔，投侯爵肩，聳其領，高及目際。瞿文與侯爵軀幹絕肖，驟望之，竟莫能辨。侯爵愕然曰：「此何爲也？」瞿文不答，忽就門呼曰：「速開我。」門立啓，瞿文力推侯爵於門外，門卽碰然闔矣。

侯爵旣出地牢，茫然不知所爲，信步經下室，室中未熟睡之守兵，於燈光慘澹中，但見一偉岸之人，身披有徽章之大帔，以爲首領之復出也，皆肅然示敬，聽其出缺口而去。口外哨兵，亦各舉槍如見瞿文時。

此時侯爵已達塔外原野中；距森林纔百餘武耳！自由之空氣，滿貯前途，以待其吸取。侯爵且行且疑，以爲此必無之事也，殆夢耳！既乃舉其右手，以食指力掐拇指，覺劇痛，狂喜曰：「眞也。」遂冉冉入林而沒。

第十八章

九十三年之軍法裁判，表面雖採用合議制，以表決法定之，而實際則單獨制。何也？以裁判長有無上權，能任意選任審官，分其等級，依次表決，其最後之表決，仍出裁判長也。

次日，薛慕丹郎擇定塔下室爲裁判所，裁判所適對牢門，而斷頭台，即設於裁判所之口外。

日亭午，裁判乃開庭矣。室中置三草椅，一木案，兩巨燭分列案之左右，火光爛然，案前設一矮几，椅爲審官設，而几則屬罪人。案之兩端，別設二几：一坐陪審委員，已任一軍需官爲之，一坐書記，乃一伍長也。案上列火漆一枚，銅璽一具，餘若文具卷宗，均紛然雜陳，別有印刷品之告示二紙，尤軒露惹目，蓋一爲置法律外之宣布，一爲國約議會決案之通告也。中央椅後，植立一叉槍，上懸三色旗，搖漾火光中。革命時代，設置皆尙簡略，頃刻之間，愼密之守衞室，忽易爲威嚴之裁判所矣。

是時，旁聽者皆共和軍之兵士，咸屛息繞室而立，兩衞兵佩刀列罪人坐次。薛慕丹冠三色羽冠，腰繫上，仍懸一佩刀，插兩手鎗，面創發赤如火，益增其獰猛，昂然就中央裁判長席，適面地牢門。荀桑爲第一判事，就右坐；賴杜伯爲第二判事，就左坐。荀桑狀至沉毅，賴杜伯則以一帕裹首，時時見血液，流溢出帕下。薛慕丹既就席，忽聞室口外有馬鈴聲，一軍事郵吏入，就案旁立。薛慕丹提筆作數行書，文曰。

「保安會委員公鑒：冷達男已就擒，定明日處斬刑。」

書日署名封緘訖，授郵吏，郵吏出，即匆匆上馬去。郵吏去後，薛慕丹乃高呼曰：「開牢門。」兩佩刀衞兵聽命前，去門扃，門闢入牢。薛慕丹乃舉首交臂，目注牢門。又呼曰：「引囚虜出牢。」即見兩衞兵，挾一人由門中出，出者乃瞿文也。薛慕丹大驚，呼曰：「嘻，嘻，瞿文！我欲引出者，乃囚虜。」瞿文曰：「我即囚虜。」薛慕丹益驚曰：「汝乎？」曰：「我也。」曰：「冷達男何在？」曰：「彼已自由。」曰：「逃乎？」曰「然。」

薛慕丹全體作震顫，吃吃曰：「是本彼之舊邸，一切出口，彼宜諗之，我固慮此牢中，或有秘密道，今果不勞人助，悠然逝矣。」瞿文曰：「否，有人助之。」曰：「然則縱之乎？」曰：「然。」曰：「孰縱之？」曰：「我。」曰：「汝乎！汝得毋夢乎？」曰：「至確。我曾獨入地牢，以我之帔，被彼之背，且以高領蒙其面，彼遂出，而我乃居此。」曰：「汝決不爲此。」曰：「我已爲之。」曰：「萬無是事。」曰：「眞也。」曰：「若是，則汝當還我冷達男。」曰：「彼已不在此。彼既被我之巨帔，守兵以爲我也，已任其去矣，此事尙在昨夜。」曰：「汝寧狂易乎？」曰：「即我自謂亦如是。」

薛慕丹默然久之，慘然曰：「然則汝意……」瞿文正色曰：「無他，死耳！」薛慕丹聞語色變，如受死刑，如蒙雷擊，額汗坌涌類檐溜，既乃勉爲嚴重之聲，曰：「衞兵，令罪人坐。」瞿文乃就矮几。薛慕丹又呼曰：「衞兵，速舉汝刀。」凡訊死罪之犯，當時儀式固如是，兩衞兵乃各揚其佩刀。薛慕丹此時，神色已稍定矣。厲聲曰：「罪人起立。」從此薛慕丹對於瞿文，不復稱爾汝矣。

瞿文既由矮几起立，薛慕丹問曰：「罪人何名？」答曰：「瞿文。」曰：「何職？」曰：「我爲北海岸遠征隊之總司令。」曰：「與已縱之罪人，有親屬關係否？」曰：「我爲彼之嗣孫。」曰：「罪人知國約議會之決案乎？」曰：「告示列案上，我固見之。」曰：「決案作何語？」曰：「我卽署名告示下，命令實行此決案者，寧不知決案作何語。」曰：「罪人若需辯護士者，此時可任擇之。」曰：「無須此，我當自辯護也。」

曰：「有申辯語，速言之。」

薛慕丹此時，兀然不動，爲狀似岩石，嚴重無倫。瞿文則俯首作沉思，滿室中皆寂然。薛慕丹促之曰：「罪人宜申辯矣。」瞿文乃徐徐舉首，狀若不見一人者，答曰：「我之爲此，以有一物障之，使我不復見他物。厥物維何？即人類之善行是。我目中，但見一方面爲老人，一方面爲童子，而我之本分，適介兩者之中。以是遂忘村莊之焚燬，原野之刦掠，俘虜之屠殺，傷人之慘死，婦人之鎗斃；以是遂忘以法蘭西交付英吉利；以是遂縱國家之公仇。我實有罪，我爲此言，迹近訐己，其實非訐，乃護己耳！蓋有罪者，當其慨然自承時，往往有以不自救爲自救者；惟其不自救，而所救乃至博大也。」薛慕丹曰：「罪人自辯之辭，僅此乎？」瞿文又曰：「覌我爲首領，宜以表率示人，即汝爲審官亦然。」曰：「何等之表率乎？」曰：「治我以死罪。」曰：「罪人自謂當治死罪乎？」曰：

「至當，且必要也。」曰：「然則罪人姑坐。」

陪審委員乃起立，先讀置冷達男侯爵於法律外之告示，次讀國約議會決案之宣示書，無論何人，凡故縱或隱匿叛虜者，一律處死刑，終讀告示下方附印之數行。文曰：「凡有救助告示中有名之叛徒者，治死罪 。署名，遠征軍總司令瞿文。」委員讀畢，復坐。薛慕丹整襟言曰：「罪人勿譁，旁聽之公衆，各宜默而靜聽。須知汝曹之前，有法律在，法律宜用表決，各判官互陳意見於罪人之前，以多數定判，裁判固無隱徇也。今請第一判事先發言。」副將苟桑垂目視案上國約議會之決案 ，狀若不見薛慕丹，亦不見瞿文者，毅然曰：「凡爲判官，與個人不同，有不及個人處，亦有勝於個人處。不及個人，以其無心也；勝於個人，以其有權也。昔羅馬曼魯意之子，未受將令出戰，既克敵矣，曼魯意仍治其擅命之罪，立斬之。犯軍律猶不可贖，矧犯法律乎？法律乃較軍律尤嚴，雖道德不能變更法律。假其變更，即陷國家于危險也。今總司令瞿文，既違法縱叛徒冷達男，即爲有罪，我表決宜死。」薛慕丹顧書記曰：「汝錄之。」書記書於簿曰：

「副將苟桑，表決，死。」

瞿文顧苟桑曰：「汝之表決至當，我當謝汝。」薛慕丹曰：「第二判事宜發言矣。」賴杜伯乃起立，先向瞿文行一軍禮，既即高呼曰：「汝等必欲處斬刑，惟有斬我耳！此意我早蓄之，初爲老人，繼爲首領。當我見此八十齡之白髮翁，投烈火中以救三寧馨，我即曰：『汝乃慈主也。』當我聞我曹之首領，拔此老人於斷頭台之切刀下，我又曰：『汝眞我曹之將軍也。』必若汝，乃不愧爲人。」吾人豈悉無知覺者乎？首領瞿文，自四月以來，屢摧王黨，陶耳一役，尤著奇謀，若曹何幸，得此非常之人，乃必欲去之乎？不舉爲大將軍，乃欲決其首乎？我尤不解國民瞿文，適亦自承爲有罪。脫其言非出我首領，我唾其面矣。天下寧有以勉力趨善之人爲有罪乎？若然者，必老人能忍心以觀童子之生燔，必我首領能閉目以聽老人之就戮，然後爲無罪耶？且此三童子，乃我赤幘隊之胎兒，見死不能救，即我全隊之羞也。今以救童子故，救老人，以救老人故，遂殺我首領，是不翅自相殘殺也。我不願殺我首領，我之愛我首領，乃更甚於常日，若曹必欲斬之，則毋寧斬我。」

賴杜伯語畢復坐，爲狀至憤激，致裂其耳創，血續續下帕際。薛慕丹顧之曰：「汝表決罪人宜赦乎？」賴杜伯曰：「我表決宜舉爲大將軍。」薛慕丹曰：「我問汝表決罪人，宜赦宜死？」曰：「我表決爲共和黨中之第一人。」曰：「軍曹賴杜伯，毋贅言，總司令瞿文，或赦或否？汝速決一言。」曰：「我表決宜斬我以代。」

薛慕丹顧書記曰：「赦也，汝錄之。」書記書於簿上曰：

「軍曹賴杜伯，表決，赦。」

書記起立報告曰：「一判事表決死，一判事表決赦，爲平均數。」

此時宜裁判長薛慕丹發言矣，瞿文之生死，卽賴此一表決定之。薛慕丹乃起立，脫其羽冠，置案上，面色慘澹如土，四圍旁聽之目，皆環繞其面，毋敢或息。薛慕丹乃徐擧其嚴重之聲曰：「罪人瞿文聽之，我今賴共和政府之威靈，軍事裁判之正義，定兩表決之多數於一。」

語至此，稍止，狀若愼重審擇於生死兩問題之間。斯時旁聽者之胸脇，無不趯趯跳動。忽聞薛慕丹奮然呼曰：「總司令瞿文，宜治死罪，明日日出時行刑。」瞿文徐徐立，行一敬禮曰：「我謝裁判。」薛慕丹曰：「汝等可引罪人去矣。」擧手一揮，牢門立啓，兩衞兵導瞿文入，門復閉，衞士皆露刃立牢門旁。賴杜伯此時，則已暈絕案次，人乃扶而去之。

第十九章

革命時代，一營壘，卽一蜂窠也；而公民之刺，則盡寄諸軍人之身。顧其時軍人率多一閧之市，心志浮動，爲仇爲友，頃刻數變。試觀此時攻塔之四千人，聞冷達男已縱逸，見首領瞿文乃受裁判，如電氣之感觸然，一時紛紛籍籍，咸往來交耳作私語，爲狀至不靖。第一次則當裁判開庭時，羣相告曰：「此掩人耳目之裁判也。貴族與牧師，胡可信耶？吾曹旣見赦侯爵者，爲一子爵；則赦貴族者，必在牧師。」第二次則當定判時，衆又譁曰：「此吾曹之首領也。雖身列貴族，而實爲共和國首功之偉人。守彭都桑，破陶耳，取都爾基，五月以來，揚三色之旂於文臺之林野，所向無敵，雪樓欵爾屢敗之辱，挫顧恩敢死之鋒，匪彼胡有今日，薛慕丹敢治以死罪耶？牧師乃殺軍人，是胡可忍。」

於是塔下各營，咸憤憤不平，怒潮如城，環繞薛慕丹。四千人，大羣也；薛慕丹，個人也；以大羣反對個人，在勢莫敵。顧在此酷虐之時代，苟個人身後有保安會之擁護，其威力即足以震懾全國。况此時之薛慕丹，不特瞿文之生死在其掌握中，即四千人之生死，亦無不在其掌握中，彼蓋握有全權之證書在也。衆知抗之不能，求之亦無益，惟有飲恨懷憤，靜以待之耳！

未幾，已入夜矣。裁判所仍易爲守衛室，戒嚴如昨夜，兩衛兵列門次。至夜半後，忽有一人，手執提燈，越衛室而過，開門逕入地牢，則薛慕丹也。

是時地牢中沉黑而嚴靜，但聞吁吁呼吸聲，似有一人熟睡者。薛慕丹乃置燈於地，竚視之 見瞿文方坦腹眠牢隅之草褥上，爲狀適也。薛慕丹徐徐躡足前，暱坐其旁，摩撫其體殆遍，大類慈母之撫乳兒者；既乃徐舉其手，就唇吻之。瞿文驚覺，於慘澹燈光中，審爲薛慕丹 ，詫曰：「吾師，不意爲汝也，我方夢一死人，吻我之手。」薛慕丹此時心大動，爲語不能成聲。僅微呼曰：「瞿文。」兩人相視久，薛慕丹目眶中，已滿貯淚潮，瞿文則靄然微笑而起，忽指其面瘢曰：「師之貺我多矣！此傷痕，即明證也。天若不置汝於我搖床之旁，我終身處黑暗中、安有今日。我生於重重束縛之下，汝則解其鞲結育我以自由；我垂死如木乃伊，汝則續其餘息，還我以青年；我衣錦如傀儡，汝則鑿其靈竅，納我以學問。僅一諸侯耳！汝乃導之爲國民。僅一國民耳！ 汝且推之近神聖。我欲求人類之眞實，予我以眞實之鑰者，汝也。我欲攬天國之光明，投我以光明之鑰者，亦汝也。嘻，吾師，汝實造我，我當謝汝。」薛慕丹慘然曰：「我來共汝晚餐耳！」

瞿文取黑麵包剖之，以授薛慕丹。薛慕丹取其一，瞿文又進水。薛慕丹曰：「汝先飲之。」瞿文如言，略沾唇，還授薛慕丹，薛慕丹一呷而盡。此一餐中，瞿文常食，薛慕丹則常飲 蓋甯靜者易飢，而躁熱者易渴也。瞿文且食且言曰 「吾師知此時之革命，其事爲至玄妙乎？於顯然事業之後，實藏一不顯之事業在。顯然者掩其不顯者，使人熟視無睹，其實顯然者，雖似殘酷；而不顯者，乃純懿無倫。我今辨之至析，覺此九十三年者，大類建築家借已往之舊材，營一麤獷之引架，（卽工匠建築房屋用之木架。）人見其麤獷也，號爲野蠻，而不知文明之大聖寺，卽將湧現於此架下也。」

薛慕丹曰：「汝言然，假設者，確定之基也。何謂確定？卽權利義務列於平行線也，卽稅則以相當而增進也，軍役以强迫也，一切皆作平面而無凹曲，一切之上，又臨以一直綫，則法律也，此之謂確定之共和。」瞿文曰：「我意不然。吾師乎！似汝確定之共和，毋甯我意想之共和。果如汝言，汝將置人類中秉忠誠剛果仁慈諸美德，而時時軼出於法律之外者於何地乎？我謂處以平均固善，處以和諧則尤善，權衡之上，倘有琴瑟，與其繩以矩度，不如養以太空顥氣之爲自然。」薛慕丹曰：「第懼汝爲浮雲所蔽耳！」瞿文曰：「然則汝不迷於算術中乎？」薛慕丹曰：「汝之和諧，夢想也。」瞿文曰：「汝之幾何學亦然。」薛慕丹曰：「我願以安格黎特（希臘之幾何學大家。）之學，改造人類。」瞿文曰：「我則甯爲和美爾。（希臘大詩家。）」薛慕丹微笑曰：「汝愛詩，汝乃蔑視詩人。」瞿文曰：「是言我固承之，我之蔑視詩人，猶汝之蔑視空氣，蔑視光明，蔑視花香，蔑視星宿也。」薛慕丹曰：「凡汝所舉，皆不能資以爲食者。」瞿文曰：「惡！是何言？意思亦糗糧也，思想卽食也。」薛慕丹曰：「汝毋好爲高論，共和無他，卽算術中之二數也。由二生四而數乃立，我旣以二與各數，各數終必還原。」（數語極奧邃，譯者不明算理，姑照譯之。）瞿文曰：「我恐其不能還原也。」薛慕丹曰：「汝何所見而云然？」瞿文曰：「我見社會之存活，乃存活於互相讓權之中；個人宜讓團體，團體亦宜讓個人，社會以是平，國家以是立矣。」薛慕丹曰：「然獨不能以此論法律，法律無讓也。」瞿文曰：「否，法律胡爲不能讓。」薛慕丹曰：「顧我目中，但見裁判耳。」瞿文曰：「我之所見尤高。」薛慕丹曰：「事寗有高於裁判者耶？」瞿文曰：「有之，正義是也。」

薛慕丹至此，略一躊躕曰：「我終不信汝。」瞿文曰：「不信宜也。汝欲强逼軍役，汝對于人猶有戰志也。我則願盡除軍役，而羣相忘於和平。汝欲施窮困者以救助，我則并不願有窮困者。汝欲其出相當之稅，我則不願有稅，但願市町之公費，以至簡單之法，自然產出於社會增富之中。」曰：「汝何術以致此？」曰：「社會之貧，由社會中寄生者多也。行我術者，當首去寄生之人；如牧師，如判官，如軍人，尤寄生中之占多數者，宜悉淘汰之，然後浚溝渠，修畎畝，廢交秣之法（法文 Le Vaine Patuie 日人譯爲交秣權，蓋一種公家之牧場，專採芻秣，以供國家及貴族之用者。），絕園囿之娛，盡出其地，支配公民。我法之地，蕪而不治者，都居四分之三，假令人必有一地，地必有一人，出產之富，當百倍於前，雖以養全歐三百兆人而有餘，寧獨法蘭西乎！且倚賴天然者，惰民也；人化愈進，則天然愈退。此時之法蘭西，凡工作之需，無論風之吹，水之落，悉由磁電之作用。地球之下，鐵管網布，如人之脈絡然，管中有水，有油，有火，潮汐往來，周流不息，人若有所需時，第按其脈管，欲泉則水至，欲燈則油至，欲爨則火至，地球幾成一馴擾之動物矣。」曰：「汝誠玄妙之思想家也。」曰：「我料其必成事實。」

瞿文忽若有觸，卒然問曰：「汝對於女子，意見若何？」薛慕丹曰：「男子之婢也。」曰「然，第有一約。」曰：「何約？」曰：「男子亦女子之僕耳！」曰：「汝欲男子爲僕乎？我謂男子乃永爲主人。我平生僅主張一種王權，卽家族之王權，男子之在家，其尊固牟王也。」曰：「我亦贊成，第亦有一約。」曰：「何約？」曰：「女子之在家，其尊當牟后耳！」曰：「如汝言，男女當爲……」曰：「然，平等。」曰：「汝欲平等乎？汝寧不知兩者至不同。」曰：「我第言平等耳！本未言同一也。」

聲浪至是稍止，如兩軍奮鬭時，作俄頃之休戰　。既而薛慕丹問曰：「信如子言，將付兒童於誰乎？」曰：「先由父造之，繼由母育之，敎之者師也，成之者都市也，然後付之國家，國家乃其眞母，然後付之人道，人道乃其鼻祖也。」曰：「汝乃不言天主？」曰：「凡我所謂由父而母，而師，而都市，而國家，而人道諸階級，卽證天主之梯級也。苟達諸級之極端，天國即書然闢矣，天主乃掖而進之。」

薛慕丹聞語，狀至愀然，若憫瞿文之沉迷不悟者。警之曰：「瞿文我寧願返諸地上，實行我可行之事。」瞿文曰：「汝先爲不可行者。」曰：「我所謂可行者，乃能永久行之。」曰：「不能久也，人方取締空想家而殄滅之，可行者之危，殆甚於累卵。」曰：「不然。我將悉羈空想家以實在之範，以事物範圍之，變流動之意識爲凝定之意識，寧失其美妙，而務適實用，則無用者悉化爲有用矣。然後置一切權利於法律中，權利既成法律，法律遂確定矣。此我之所謂可行者也。」曰：「我所謂可行者異是。」曰：「汝之可行，乃在夢中。」曰：「可行云者，本至無定，常似不可見之靈鳥，翺翔吾人之上。」曰：「宜捕獲之。」曰：「敏活變化，胡可捕也。吾謂人類有永進，無暫退，脫其可退，天主造人，將置目於人之腦後矣。今既不然，吾人固宜視曉光，不宜顧晚照，宜向搖床，不宜近窀穸；

有前之墜者，卽所以勵後之升者，古木之摧折，乃新萌之驅除也。故各世紀有各世紀之事業，今日已成爲公民之事業者，明日必將進於人道之事業。今日之問題，僅屬於權利，明日之問題必將屬於報酬；況報酬與權利，充類言之，本同一事乎？旣生而爲人，不能無所償負，天主放我以生命之債，卽負之大者，亦卽償之大者。權利爲天然之報酬，而報酬乃獲得之權利也。」

瞿文語聲淵淵，狀似希伯來之神巫，以未來詔人。薛慕丹不覺改容聽之，斯時師弟幾易位矣。少間，薛慕丹曰：「汝軍欲速？」瞿文微笑曰：「我誠躁進，顧我與汝兩虛想，實各有異點。汝所希望者，乃法律專制之共和，我則精神之共和也。」曰：「然則今日之時代，汝能恕之否？」曰：「恕之。」曰：「汝旣非之，曷又恕之？」曰：「是乃颶風也。文化有疫癘，非颶風，安能消散之。我恆視此颶風，爲除舊布新之巨彗，且我有羅盤在，亦何畏乎颶風！亦猶人有天良，視强暴蔑如也。矧爲此者，非人力乎？」曰：「孰爲之？」

瞿文卽舉手上指，爲力至偉，薛慕丹視其所指之方向，抑若透出地牢之穹頂，豁然露星月照爛之天空，遂默然久之。既乃徐言曰：「汝知社會較天然爲偉大乎？汝乃崇拜天然，是豈可行者，徒夢想耳！」瞿文曰：「非夢想，目的也，若無目的，社會何貴。汝言社會大於天然固然，蓋留滯天然者，卽爲野蠻，與其登蠢然不動之天國，毋寧入聰明之地獄。然吾人究非地獄，乃人類之社會也，脫不隨時增益此天然，惡能自拔於天然界乎！汝第見蟻之能工，蜂之能蜜，遂推工蜂工蟻爲保羣之首功，而不知主宰而教育之者，有雌王在也。汝不欲增益天然則已，苟其欲之，則不獨有大於天然者，且有更大於社會者，卽吾人之目的也。我之目的，不願見社會中，復有奴隸，復有勞工，復有罪犯，人人爲文明之徽識，卽人人爲進步之主人；自由以精神，平等以心，博愛以靈魂。本伏輗也，我願脫其鎖而傳之翼；本匍行類也，我願化之爲羽蟲；本地蟲也，我願縱之爲飛花；我更願……」瞿文語至此，忽戛然止，目炯炯視薛慕丹不復言。時牢門方半啓，門外喧動聲，常透門隙而入。鼓角嗚嗚，則野營報曉也，鎗柄築築，則哨兵晨興也，塔旁則有木板曳地聲，雜以巨鎚舂擊聲，一時嘈嘈雜雜，悉入薛慕丹之耳中，狀若惕然不寧者。瞿文則俯首深思，一無所聞。薛慕丹曰：「汝何思之深也。」瞿文曰：「我思未來耳！」薛慕丹乃徐起離瞿文，乘其不覺，退至門次，瞥然而逝。

第二十章

薛慕丹出地牢時，已侵曉矣。一輪赤日，徐徐湧現於地平線上，入於此日光中，忽見都爾基旁，有一意外之巨物，巍然穿林而出，爲狀之醜怪，擬之希伯來文，或埃及象形字，差得其仿彿；不特人類見之，立生悖動，卽飛鳥瞥過者，亦莫不戢翼避之。

是物焉，形似一巨方案，支以四足。案之一端，建高而且直之兩支柱，柱顚以橫木聯之，上懸一三角形之物，爲色黝然；其一端則置一梯在兩支柱中，迤邐而下。三角物下，承一木板，板木爲二，各鑿半月形之穴騈合之，則成一板，而穴形遂爲正圓，適容一人之項，其上板，有活動之筍眼，能自由上下，平時上曳，不與下板合，及械罪人，乃推而下之，遂繞項如木枷；此板之下，復有一旋動之板，立有鐵樞運之，狀似桔槔，板旁置一長筐，柱前則別有一方筐，乃紅色也。凡此舍三角物爲鐵質外，餘皆以木爲之，是果何怪物乎？卽九十三年之尤物，馬拉呼爲魯意散者之斷頭台也。

斷頭台誠怪物哉！顧此時尚別有一怪物，抗立於前，則都爾基也。都爾基爲石怪，斷頭台爲木怪，兩怪同時幷現於人類之目光中。吾人不當復以木石視之；蓋都爾基爲古訓之殘址，而斷頭臺則思想之動機也。都爾基爲巴士的獄之雛形，而斷頭臺則國約議會之粉本也。一則控制中世紀之千五百年，一則孕育九十三年之十二新月；一則代表君權，一則代表革命。都爾基譬則峨特式複雜之建築，其中有屬民，有領主，有奴隸，有主人，有平民，有貴族，有牧師，有判官，有不平之律例，有苛求之稅則。斷頭台，譬則一陋屋也，中無所有，僅一喋血之巨刀。

都爾基赫然雄踞荒野久矣！仰其瘢痏之壁面，張其崚嶒之礮眼，撑石牢之骨，布礫輪之血，固已臨御十五世紀中。威權惟一，尊嚴惟一，恐怖亦惟一，遠近無敢與抗者，乃不謂忽有一物焉突立面前，其威嚴可怕，更甚於己。都爾基徐徐一窺察之，以爲此殆由地中出也。然則果由地中出乎？在理固有之。惟此惡地，乃生凶木，汝不見灌溉此地者，爲汗爲淚爲血乎？不見浚掘此地者，爲濠爲塋爲阱乎？不見埋於地者，不一之陳屍，死於不一之暴政乎？層累而下者，地獄也。捆載而儲者，罪惡也。聚此無數恐怖之子種，朝滋而夕長之，一旦遂脫穎而出，成此凶惡之機械。斷頭台固可毅然告都爾基曰：「我乃汝之胎兒也。」

是時兩怪物，皆卓立扶善之林野中。斷頭台則傲然，都爾基則惕然，垂廢之强權，乃懼新造之强權，過去之殘酷，乃避現在之殘酷；死石固不如生木，幽靈固不敵魔怪也。

是日淩晨，曉色至爲姚冶。旭日徐徐破雲而出，微風吹草作碧漪，殘靄冥濛，非烟非霧，或繚繞林間，或昇騰澗底，大類巨爐中滿貯異香，隨時噴薄。晴空一碧，白雲皎然，濃陰成幄，遠波如練，一草一木，咸有靄然相親之意，似造物者特現此醇潔暘和之象，以默啓我人類者。而我人類乃於此醇潔暘和之前，紛然羅列者，則古儀砦也，殺人機也，戰士也，罪人也，一時卑濁之醜態，莫不窮形盡相，悉宣露於皜皜陽光中。

則見四千之遠征隊，斯時皆肅然列高丘。步隊分兩行，左右夾侍，自丘顛直達丘岸，爲兩縱綫；砲隊中列丘顛，爲一橫線；斷頭台則矗立三線之中，適成一E字形。三面皆環堵，獨缺其一面，其缺處，卽巨壑也，越壑卽爲都爾基。

都爾基與斷頭台，遙遙相對，其間僅隔一壑，都爾基之平臺，適與斷頭台作平階。

維時壑中經大火之後，殘烟尙瀰漫不熄，人卽於此瀰漫之殘烟中，遙望平台。隱隱見台上，列一案，一椅，一三色旂，旂下有一人巍然交臂而坐，卽薛慕丹也。服出使委員服，冠三色羽冠，佩刀插鎗，一如昨日，不動亦不語，全場亦皆寂然無聲，曳鎗垂首以待。斷頭台上則伍伯往來蹀躞，狀至倥傯。忽聞鼓聲隆隆自遠來，丘上隊列砉然乍開，一鹵簿蜿蜒入E字中，向斷頭臺而行。其鹵簿先以黑色大鼓，次赤幘隊，皆徒手隨行，次衞兵，則皆露刃，最後爲罪人，卽瞿文也。

瞿文此時服尋常之軍服，腰佩一劍，手足皆自由無械繫，坦然前行，時時仰面向曉光，輾然而笑。既至臺次，似絕不見有斷頭機者，但游目矚堵頂，似有所覺。彼知薛慕丹今日，必躬視行刑，欲一見之，爲末次之訣別耳！

薛慕丹亦望見瞿文，顧絕不爲動，爲狀乃更嚴冷；但注目直視之。瞿文且行且顧，徐徐拾級而登，兵官命赤幘隊隨之。迨達臺頂，瞿文立解佩劍授兵官，除領巾付伍伯。乃奮然躍登斷頭機。其褐色之髮，搖漾風中，閃閃作金色，肩項膩白，絕似婦人，目光澄澈而雄偉，則儼然天神也。夫斷頭臺亦一絕頂，今瞿文既卓立其間，旭日圍之，自謂已置身榮光中矣。

凡處斬刑者，法當械繫，伍伯乃執繩而前，方執瞿文手，欲縛之；忽聞丘上人聲鼎沸，諸兵士皆哽咽而呼曰：「赦！赦！赦我首領！」霎時間，莫不棄兵而跪，舉手向平臺薛慕丹坐處，作求恩狀。赤幘隊中之賴杜伯，橫身斷頭機下，哀呼曰：「我在此，我願代首領死也。」伍伯聞聲，立縮其手，方萬聲鼓噪間，突聞一嚴重酸楚之音，由塔頂飛越而下。曰：「勿譁。法律在，不可違也。」衆審此聲之出於薛慕丹，皆股栗莫敢仰視。斯時伍伯乃前矣。瞿文曰：「姑待之。」即舉其未繫之右手向薛慕丹告別，然後就縛。既縛矣，瞿文曰：「恕我少遲。」即引吭而呼共和萬歲者三。於是伍伯乃臥瞿文於桔槔形之板上，入頭顱於枷穴中，一手執髮，一手按彈機，三角形之物，遂徐徐下，初頗迂緩，繼忽迅疾，在此迅疾中，人但聞砰然一聲。一聲之後，又繼以一聲，第一聲乃斧擊，第二聲則鎗擊也。此鎗聲何來乎？蓋斷頭臺上三角形物下落時，平臺上薛慕丹，已自解其腰鞓上之手鎗；方瞿文之頭顱，滾入紅色筐中，而薛慕丹之胸前，亦一彈貫心而死。從此兩靈魂携手飛昇，一張光明之羽，一伸恐怖之爪，永永翺翔於浩蕩之天空中，不復返矣。

中華民國二十年六月初版一——三〇〇〇

九十三年

平裝本定價九角

法國囂俄原著

曾樸譯述

眞美善書店發行